सरश्री

सुखी जीवन के पासवर्ड

कैसे खोलें दु:ख, अशांति और परेशानी का ताला

★★★★

सुखी जीवन के
पासवर्ड
कैसे खोलें दुःख, अशांति और परेशानी का ताला

By Sirshree Tejparkhiji

प्रथम आवृत्ति : जनवरी २०१८

प्रकाशक : वॉव पब्लिशिंग्स प्रा. लि., पुणे

© Tejgyan Global Foundation
All Rights Reserved 2018.
Tejgyan Global Foundation is a charitable organization
with its headquarters in Pune, India.

© सर्वाधिकार सुरक्षित

वॉव पब्लिशिंग्ज् प्रा. लि. द्वारा प्रकाशित यह पुस्तक इस शर्त पर विक्रय की जा रही है कि प्रकाशक की लिखित पूर्वानुमति के बिना इसे व्यावसायिक अथवा अन्य किसी भी रूप में उपयोग नहीं किया जा सकता। इसे पुनः प्रकाशित कर बेचा या किराए पर नहीं दिया जा सकता तथा जिल्दबंद या खुले किसी भी अन्य रूप में पाठकों के मध्य इसका परिचालन नहीं किया जा सकता। ये सभी शर्तें पुस्तक के खरीददार पर भी लागू होंगी। इस संदर्भ में सभी प्रकाशनाधिकार सुरक्षित हैं। इस पुस्तक का आंशिक रूप में पुनः प्रकाशन या पुनः प्रकाशनार्थ अपने रिकॉर्ड में सुरक्षित रखने, इसे पुनः प्रस्तुत करने की प्रति अपनाने, इसका अनूदित रूप तैयार करने अथवा इलेक्ट्रॉनिक, मैकेनिकल, फोटोकॉपी और रिकॉर्डिंग आदि किसी भी पद्धति से इसका उपयोग करने हेतु समस्त प्रकाशनाधिकार रखनेवाले अधिकारी तथा पुस्तक के प्रकाशक की पूर्वानुमति लेना अनिवार्य है।

SUKHI JEEVAN KE
PAASWORD
Kaise kholen dukh, ashanti aur pareshaani ka tala

यह पुस्तक समर्पित है
विश्व के उन सारे
लोगों को जो खुद सुखी जीवन
जीकर औरों के लिए प्रेरणा बनते हैं।

- विषय सूची -

प्रस्तावना	पूजनीय कौन – दुःख या सुख	07
	जागृति का पासवर्ड	
खण्ड १	**मन की गुफा में छिपा पासवर्ड**	**11**
अध्याय १	धूल में छिपे फूल	13
अध्याय २	नकारात्मक भावनाओं की गुफा	16
अध्याय ३	भावनाओं की गुफाओं से कैसे गुज़रें	19
खण्ड २	**सुखी जीवन के आठ पासवर्ड**	**23**
अध्याय ४	सुखी जीवन के पासवर्ड की पहली पंक्ति	25
अध्याय ५	दुःख है सुख का संकेत	28
अध्याय ६	कुदरत को अपना पक्ष बताएँ	31
अध्याय ७	कुदरत की रचनात्मकता	34
अध्याय ८	सुखी जीवन के पासवर्ड की दूसरी पंक्ति	38
अध्याय ९	साझेदार से सीखें अपना सबक	41
अध्याय १०	हीरों की सुरक्षा करें, कम–कम कहना कम करें	44
अध्याय ११	सुखी जीवन के पासवर्ड की तीसरी पंक्ति	47
अध्याय १२	वहम के पीछे छिपे सत्य का खुलासा	50
अध्याय १३	जीवन का नियम है, वहम और तेजसत्य	55
अध्याय १४	सुखी जीवन के पासवर्ड की चौथी पंक्ति	59
अध्याय १५	सुखी जीवन के पासवर्ड की पाँचवीं पंक्ति	62
अध्याय १६	सुखी जीवन के पासवर्ड की छठवीं पंक्ति	64

अध्याय १७	सुखी जीवन के पासवर्ड की सातवीं पंक्ति	69
अध्याय १८	सुखी जीवन के पासवर्ड की आठवीं पंक्ति	72
खण्ड ३	**दु:ख, अशांति का ताला**	**75**
अध्याय १९	खुदा से जुदा होना, खुद दुःख है	77
अध्याय २०	मिटाएँ दुःख में रहने की आदत	80
अध्याय २१	पड़ोसी का सुख क्या हमारा दुःख है	84
अध्याय २२	दुःख का भी दुःख दुगना दुःख है	89
अध्याय २३	लक्ष्य से ध्यान हटना नहीं चाहिए	94
अध्याय २४	अज्ञान में होनेवाले कर्म का असर दुःख है	99
अध्याय २५	मन की कल-कल है दुःख-दुःख	103
अध्याय २६	माया के गर्भ में इंसान परेशान	107
खण्ड ४	**ताले की चाभी**	**111**
अध्याय २७	स्वीकारयुक्त अनुमति	113
अध्याय २८	खुशी का चश्मा न उतरे न उतारें	119
अध्याय २९	दुःख से आए हुए बल का उपयोग	126
अध्याय ३०	बल में सूक्ष्म गलतियाँ पहचानें	129
अध्याय ३१	बुद्धिबल, मनोबल, आत्मबल प्रबल बने	132
अध्याय ३२	सदा कार की स्क्रीन साफ रखें	137
अध्याय ३३	आप बस खुश हो जाएँ	141
अध्याय ३४	खुशुंग का असर प्राप्त करें	147
परिशिष्ट	**तेजज्ञान फाउण्डेशन – परिचय**	**151-168**

पूजनीय कौन - दुःख या सुख
जागृति का पासवर्ड

प्रस्तावना

किसी गाँव में एक पत्थर तोड़नेवाला इंसान रहता था। गाँव के नज़दीक पहाड़ पर जाकर वह पत्थर तोड़ता था। पत्थर तोड़ते-तोड़ते एक दिन अचानक उसके मन में विचार आया, 'यहाँ पर दिनभर मेहनत करके मैं पत्थर तोड़ता रहता हूँ लेकिन लोग इन्हीं पत्थरों से अपने बंगले बनाते हैं। मेरा भी ऐसा बंगला होता तो...' इस विचार के आते ही वह दुःखी हो गया। तभी आकाशवाणी हुई 'तुम्हारी सभी मनोकामनाएँ पूरी होंगी।' इस तरह उसकी खुद का बंगला बनाने की इच्छा पूरी हुई। उसके बाद कुछ दिन बड़े मज़े में बीते।

एक दिन उसके बंगले के सामने से राजा की सवारी जा रही थी। पालकी में ऐशो आराम के साथ बैठे हुए राजा को देखकर उसके मन में विचार आया, 'वाह! राजा बनकर पालकी में घूमना कितना सुखद लगता होगा। मैं भी राजा होता तो...' मन में ऐसा विचार आते ही, आप मानकर पढ़ें कि उसकी इच्छा तुरंत पूर्ण हो गई।

राजा बनकर वह पालकी में घूमने लगा। कुछ दिन खुशी में बीतने के बाद उसे पालकी में गर्मी महसूस होने लगी। गर्मी के दिन थे और तेज धूप के कारण उसे पालकी में बहुत पसीना आने लगा। उसके मन में आया, 'राजा से सूर्य की ताकत ज़्यादा दिखाई देती है, मैं सूरज बन गया तो...!'

उसके बाद वह सूरज बन गया मगर उसका आनंद गर्मी तक ही टिक पाया।

बारिश का मौसम आते ही आसमान में बादल छा गए। बादलों के कारण सूरज छिप गया। अब उसे लगा, 'सूरज को भी छिपा देनेवाले बादल तो और भी श्रेष्ठ होंगे, काश! मैं बादल होता।' ऐसा विचार आते ही वह बादल बन गया। बादल के रूप में आकाश में विचरण करते समय वह बहुत खुश हो रहा था। कुछ समय बाद जोर की हवा बादलों को यहाँ से वहाँ घुमा सकती है, यह उसे समझ में आया। उसके मन में आया, 'बादल से ज़्यादा हवा की ताकत है, मैं हवा हो गया तो....' ऐसा विचार मन में आते ही वह हवा बन गया।

हवा बनने की खुशी में वह इधर-उधर गति के साथ घूम रहा था। इससे कई पेड़ उखड़ गए। मौज मस्ती करते समय हवा का पहाड़ पर कोई असर नहीं हो रहा है, यह बात उसकी पकड़ में आई। पहाड़ के कारण हवा आगे बढ़ नहीं सकती, एक ही जगह पर थम जाती है। इसका अर्थ यही है कि हवा से ताकतवर पहाड़ है। फिर उसे लगने लगा कि 'हवा से अच्छा है कि 'मैं पहाड़ ही बनूँ...'

ऐसा विचार मन में आते ही वह पहाड़ बन गया। कुछ ही दिनों में वहाँ पर एक इंसान आया और पहाड़ पर प्रहार करने लगा। पहाड़ को तोड़नेवाला इंसान तो पहाड़ से भी ज़्यादा ताकतवर दिखाई देता है। ऐसा विचार उसके मन में आते ही वह फिर से पत्थर तोड़नेवाला इंसान बन गया।

इस तरह पत्थर तोड़नेवाले इंसान से लेकर वापस वही पत्थर तोड़नेवाला इंसान बनने तक का पूरा सफर उसने संपूर्ण जाग्रत अवस्था में किया इसलिए वह काम छोड़कर दूसरा कोई काम करने की इच्छा उसे नहीं रही। उसके बाद भी उसने जीवनभर पत्थर तोड़ने का काम किया मगर जाग्रत अवस्था में पूरी यात्रा करने के कारण वह पत्थर तोड़नेवाला छोटा इंसान रहकर भी हमेशा खुश रहा।

सुबह से रात तक आपके मन में कौन-कौन से विचार आते हैं और आप क्या-क्या काम करते हैं, कौनसी भावनाएँ उभरती हैं, कब दुःख आता है, यह यदि आप जाग्रत रहकर देखें तो जीवन की कई अनावश्यक बातें अपने आप खत्म हो जाएँगी।

कई बार हमें ऐसा लगता है कि बाह्य वस्तुएँ हमें आनंद प्रदान करेंगी, हमें खुशी देंगी। किसी ने हमारा काम किया तो हमें खुशी होती है। टी.वी. का कोई कार्यक्रम देखकर या मनोरंजन के अन्य साधनों के द्वारा हमें अच्छा लगता है। इस तरह हम हमेशा बाह्य साधनों में ही आनंद खोजते हैं, खुशी ढूँढ़ते हैं। खुश रहने के लिए हमें

कोई बाह्य कारण चाहिए किंतु यदि हमें अपने अंदर ही खुशी का स्रोत मिल जाए तो बाह्य चीज़ों पर हम निर्भर नहीं रहेंगे।

इंसान सोचता है, 'पैसा नहीं है इसलिए मैं दुःखी हूँ... परेशान हूँ... बंगला नहीं है, यही मेरी पीड़ा है... मेरे बच्चे मेरी बात नहीं मानते, इस कारण मैं दुःखी हूँ... अगर मुझे धन मिल जाए तो मेरे दुःख मिट सकते हैं... अगर बच्चे मेरी बात सुनने लगें तो शायद मैं सुखी हो जाऊँ... बंगला मिल जाए... कार मिल जाए तो मेरे जीवन में आनंद प्रकट हो जाए।

लोग मान्यताभरा ज्ञान तथा माया का विज्ञापन सुनकर दुःख का इलाज ढूँढ़ते हैं और इलाज भी गलत जगह पर ढूँढ़ते हैं।

दुःख इंसान को दुःख देने नहीं आता, हालाँकि हम उसे दुःख करके संबोधित करते हैं। दुःख तो इंसान को फीडबैक अथवा जवाबी संकेत देने आता है ताकि इंसान अपने अंदर मनन की मोटर को चालू रख सके।

दुःख की उपस्थिति में ज्ञानी लोग हर समस्या का हल देख पाते हैं और अज्ञानी लोग रोते रहते हैं। दुःख रूपी काँटों में ज्ञानी फल और फूल खोज निकालते हैं, जबकि अज्ञानी काँटे गिनते रह जाते हैं। दुःख जीवन की ज़रूरत है मगर इंसान इस पर मनन करना अपनी ज़रूरत नहीं समझता। जबकि दुःख पर मनन करने से इंसान उसका सही दर्शन कर पाता है।

विश्व के हर महापुरुष ने दुःख के सम्यक दर्शन की महिमा गाई है। क्या कभी आपने यह सोचा है कि भगवान बुद्ध, दुःख के नाम की माला क्यों जपते रहे? क्योंकि भगवान बुद्ध जैसे महापुरुषों ने दुःख का सम्यक दर्शन कर निर्वाण हासिल किया।

बड़े से बड़े दुःख को भी साहसी और धीरजवान लोग चुनौती मानकर मोती (उपहार) पाते हैं लेकिन डरपोक मोतियों जितने मोटे आँसू बहाते हैं। इस तरह हल, फल, सीढ़ी, सीख और चुनौति पाकर ज्ञानियों के लिए अंत में **दुःख पूजनीय बन जाता है।**

यदि कोई दुःख की अवहेलना न करते हुए, दुःख पर गौर करे तो उसे दुःख से मुक्ति ज़रूर मिलेगी।

इस पुस्तक में आपके लिए सुखी जीवन के पासवर्ड की आठ पंक्तियाँ दी गई

हैं। जिनसे दुःख रूपी ताले को सही पासवर्ड से खोलना आपके लिए आसान होगा। फिर आप देखेंगे कि आपके जीवन में ये पासवर्ड किस तरह चमत्कार करते हैं। साथ ही दुःख के असली कारण और उसके उपाय भी दिए गए हैं। दुःख के असली कारणों को जानकर तथा इनके उपायों (पासवर्ड) को आत्मसात कर आप पाएँगे दुःख-सुख के पार सुखी जीवन का रहस्य।

…सरश्री

खण्ड १
मन की गुफा में छिपा पासवर्ड

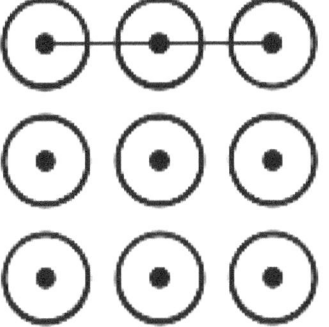

अध्याय-१

धूल
में
छिपे फूल

पहली पंक्ति - 'मुझे कोई गलत न समझे'

दूसरी पंक्ति - 'मुझे बंधन से, दुःखी जीवन से मुक्ति, संपूर्ण आज़ादी मिले।'

इन दो पंक्तियों में से आप कौन सी पंक्ति का चुनाव करेंगे? यदि आप पहली पंक्ति का चुनाव करते हैं तो आपके लिए संपूर्ण आज़ादी प्राप्त करना मात्र एक विचार बनकर रह जाएगा। क्योंकि आपका चुनाव ही बता रहा है कि आप बंधनों से, दुःखी जीवन से मुक्ति, आज़ादी नहीं चाहते। आपकी चाहत सिर्फ यही है कि कोई मुझे गलत न समझे।

यदि आप दूसरी पंक्ति का चुनाव करते हैं तो आपको सुखी जीवन का पासवर्ड मिल जाएगा। सुखी जीवन के आठ पासवर्ड आगे विस्तार से दिए गए हैं। हो सकता है कि ये आठ पासवर्ड आपको बहुत साधारण लगें मगर जब आप रोजमर्रा के जीवन में इनका इस्तेमाल करेंगे तो आपका जीवन प्रेम, आनंद और मौन से खिल उठेगा।

सुखी जीवन के आठ पासवर्ड जानने से पहले आइए, एक ऐनालॉजी (उपमा) द्वारा यह समझने का प्रयास करते हैं कि कैसे इंसान अपनी गलत आदतों, वृत्तियों, नकारात्मक विचारों, भावनाओं में उलझकर अपने ही जीवन को जटिल बना देता है। बंधनों से मुक्त होना, आज़ादी प्राप्त करना तो दूर वह खुद के बनाए गए दुःखरूपी नर्क में जीवन बिताने पर मजबूर हो जाता है। प्रेम, आनंद, मौन उसके जीवन से

कोसों दूर रह जाते हैं। इसके विपरीत जब इंसान समझ प्राप्त करके अपनी वृत्तियों से, नकारात्मक विचारों, भावनाओं से मुक्त होता है तो वह एक खुशहाल जीवन जीता है।

सबसे पहले आगे दिए गए उदाहरण से समझें कि एक ऐनालॉजी आपके जीवन में क्या चमत्कार कर सकती है।

मान लें, अंधेरे में एक करोड़ का हीरा गिर गया है और आप मोमबत्ती लेकर उसे ढूँढ़ रहे हैं। आखिरकार सिर्फ एक रुपए की मोमबत्ती के सहारे आपने उस बेशकीमती हीरे को पा लिया। इसी प्रकार आपने इस ऐनालॉजी को केवल एक कहानी करके लिया तो इसका मोल मात्र एक रुपए का होकर रह जाएगा। परंतु यदि आप उसमें से हीरा ढूँढ़ निकालने में कामयाब होते हैं। अर्थात कहानी के माध्यम से जिस चीज़ की ओर इशारा किया जा रहा है, उस इशारे को पकड़ लेते हैं तो इस ऐनालॉजी का महत्त्व कई गुना बढ़ जाएगा।

मान लें, आप अपनी कार में एक पहाड़ी की तरफ जा रहे हैं, जहाँ पहाड़ी पर टेबल लैंड है। आपकी कार पहाड़ी की ओर बढ़ रही है और इस बीच रास्ते में कई छोटी-छोटी गुफाएँ आती हैं, जिन्हें टनल भी कहते हैं। पहाड़ी की ओर जानेवाली सभी कारें उन गुफाओं से होकर गुजरती हैं।

आखिर आप अलग-अलग गुफाओं से गुजरते हुए उस नाके पर पहुँचते हैं जहाँ पर यह चेक किया जाएगा कि आपकी कार पर कितनी धूल जमी हुई है। अधिकांश लोग पूरी यात्रा के दौरान अपनी कार को साफ ही नहीं करते। कुछ ही लोग ऐसे होते हैं जो अपनी कार की बीच-बीच में सफाई करते हैं। गुफाओं से गुजरते हुए जब भीड़ के कारण बीच में रुकना पड़ता है तो उस समय कुछ लोग कार से उतरकर उस पर जमी धूल से डिज़ाइन बनाते हैं, फूल बनाते हैं।

जिन कारों पर धूल कम है, उन्हें ही आगे की यात्रा में जाने की अनुमति नाके पर मिलती है। जिन कारों पर धूल की मोटी परत जमी हुई है, उन्हें दूसरे रास्ते से वापस नीचे भेज दिया जाता है। उन्हें पहाड़ी पर बने 'टेबल लैंड' पर जाने नहीं दिया जाता। इतना ही नहीं हर कार में एक रिकॉर्डिंग यंत्र भी लगा हुआ है। जैसे ही कार गुफा से गुज़रती

है, कार में लगा हुआ रिकॉर्डिंग यंत्र सक्रिय हो जाता है। गुफा से गुज़रते वक्त आपके अंदर जो बड़बड़ चलती है, जो विचार चलते हैं, वे सारे उस यंत्र में रिकॉर्ड हो जाते हैं।

हर गुफा से गुज़रते वक्त आपके अंदर अलग-अलग विचार चलते हैं क्योंकि गुफाएँ भी अलग-अलग हैं। जब कोई गुफा आती है तो आप देखते हैं कि उस पर एक बोर्ड लगा हुआ है। उस बोर्ड पर कुछ लिखा है लेकिन वह विदेशी भाषा में होने के कारण आपको समझ में नहीं आता कि उस पर क्या लिखा है। नतीजन आप गुफा से गुज़रते समय हमेशा की तरह जो भी बड़बड़ करते हैं, वह उस यंत्र में रिकॉर्ड हो जाती है।

उस नाके पर हर एक की रिकॉर्डिंग भी सुनी जाती है और उसके अनुसार भी यह तय किया जाता है कि किसे पहाड़ी पर भेजा जाए और किसे वापस भेज दिया जाए। नाके पर जब रिकॉर्डिंग चेक की जाती है तो उस समय लोगों के प्रतिसाद अलग-अलग होते हैं। कुछ लोग शिकायतें करते हैं, जैसे- 'रास्ते खराब थे... मौसम ठीक नहीं था... धूल उड़ रही थी... तूफान आया था... इसमें हमारी क्या गलती है...?' इत्यादि।

नाके पर कारों की लंबी कतार है। कुछ लोग कार से नीचे उतर चुके हैं। और जब तक उनका नंबर आए वे कार पर जमी धूल में भी अलग-अलग डिज़ाइन बना रहे हैं, फूल बना रहे हैं। कुछ शिकायतों में उलझे हैं तो कुछ धूल के फूल बना रहे हैं।

अब आप सोचें कि कौन से लोग पहाड़ी पर जाने के लिए चुने जाएँगे – वे जो गुफाओं से गुज़रते वक्त शिकवे-शिकायतों में उलझे रहे, इल्ज़ाम लगाते रहे या वे जिन्होंने धूल के भी फूल बनाए? शिकायत करनेवालों के पास क्या समझ थी, उनके जीवन का अनुभव क्या था? जिनकी कारों पर धूल के फूल बने थे, उन्हें कौन सा ज्ञान, कौन सी समझ मिली थी? इन सारे सवालों के जवाब जानने के लिए हमारे साथ इस यात्रा में बने रहिए ताकि आप इस ऐनालॉजी के हर पहलू को जान सकें।

आइए, अगले अध्याय में इस ऐनालॉजी को विस्तार से समझते हैं।

अध्याय-२

नकारात्मक भावनाओं की गुफा

पिछले अध्याय में दी गई ऐनालॉजी में बहुत गहरा अर्थ छिपा हुआ है। इस गहरे अर्थ को अगर आप समझ पाए तो इस पृथ्वी पर दुःखी जीवन से मुक्त होकर अपना जीवन आनंद और प्रेमपूर्वक व्यतीत कर पाएँगे। आइए इस ऐनालॉजी में छिपे गहरे अर्थ को भी समझते हैं।

प्रतीकों के अर्थ -

कार - पंच तत्त्वों से बने हमारे शरीर का प्रतीक

धूल की जमी परत - हमारे पैटर्न, वृत्तियों और गहरी मान्यताओं का प्रतीक

गुफा - मन में उठनेवाली नकारात्मक भावनाओं का प्रतीक

नाका - कर्म फल का बही-खाता (कुदरत का कानून)

पहाड़ी की ओर जानेवाला रास्ता - चेतना के उच्चतम स्तर का प्रतीक

नीचे की ओर जानेवाला रास्ता - मायारूपी संसार का प्रतीक

टेबल लैंड - महानिर्वाण निर्माण करने हेतु क्षेत्र, मृत्यु के बाद के महाजीवन का प्रतीक

रिकॉर्डिंग - याददाश्त (मेमरी) में छपी हुई नकारात्मक प्रोग्रामिंग का प्रतीक

हर इंसान पृथ्वी पर एक उच्चतम लक्ष्य की प्राप्ति करने हेतु आता है। 'स्वयं को जानना और उच्चतम आनंद की अवस्था में स्थापित होना' ही पृथ्वी लक्ष्य है। परंतु इस संसाररूपी मोहमाया में उलझकर इंसान अपने लक्ष्य को भूल जाता है। खुद को शरीर मानकर अपने पैटर्नस्, वृत्तियों और मान्यताओं में फँसकर दु:खभरा जीवन जीने के लिए मजबूर हो जाता है।

शरीर रूपी कार की यात्रा

इंसान अपनी शरीर रूपी कार में चेतना के सातवें स्तर पर जाने की यात्रा पर निकलता है, जहाँ महानिर्वाण निर्माण होने जा रहा है। अर्थात चेतना के उच्चतम स्तर पर होनेवाली अभिव्यक्ति में वह वह सहभागी होने जा रहा है।

इस यात्रा के दौरान उसे कई छोटी-छोटी गुफाओं से यानी मन में उठनेवाली भावनाओं (इमोशन्स) से गुजरना पड़ता है। इमोशन्स से गुजरते समय सही समझ न होने की वजह से वह उनमें उलझता चला जाता है। परिणामत: वह चेतना के अगले स्तर पर जाने के बजाय वापस नीचे की ओर आता है। उसके पैटर्नस्, गलत आदतें, वृत्तियाँ उसे आगे बढ़ने नहीं देतीं।

यदि इंसान के पास यह ज्ञान है कि इमोशन्स से गुजरते समय उसे कौन से विचार रखने चाहिए, इमोशन्स को कैसे देखना चाहिए तो वह बड़ी आसानी से उन गुफाओं से गुज़रते हुए चेतना के सातवें स्तर पर पहुँचता है। जहाँ वह दु:खी जीवन से मुक्त होकर सुख-दु:ख से परे तेज आनंद की अवस्था प्राप्त करता है।

इसके विपरीत यदि वह इन इमोशन्स से गुज़रते हुए बड़बड़ करता है, उनमें उलझकर शिकायत करता है तो दु:खभरा जीवन ही जीता है।

टनल और मनल

जब लोग अपनी कार में गुफा के सामने आते हैं तो उन्हें टनल दिखाई देता है। यहाँ 'टनल' का अर्थ है, तन यानी शरीर और 'मनल' है मन। टनल से हम गुज़रते हैं इसलिए टनल दिखाई देता है, मनल दिखाई नहीं देता। इंसान के अंदर जब अलग-अलग इमोशन्स आते हैं

तो उसे यह धोखा होता है कि ये इमोशन्स शरीर पर आए हैं, वह टनल से गुजर रहा है। परंतु वास्तव में वह टनल से नहीं बल्कि मनल यानी मन रूपी आंतरिक गुफा से गुज़र रहा होता है।

गुफा के बाहर बोर्ड पर लिखी जिस विदेशी भाषा का जिक्र हुआ, दरअसल वह संवेदनाओं और भावनाओं (फीलिंग्स और इमोशन्स) की भाषा है। यह भाषा हमें समझ में नहीं आती इसलिए इसे विदेशी भाषा कहा गया है। जब हमारे शरीर पर कुछ इमोशन्स यानी भावनाएँ उभरती हैं तो हम दु:खी होकर नकारात्मक सोचने लगते हैं, मन में बड़बड़ करने लगते हैं।

हम अकसर अपनी भावनाओं को समझ नहीं पाते। हम जो महसूस करते हैं, उसे हमें व्यक्त करना नहीं आता। फिर अपने भीतर उठी नकारात्मक भावनाओं को भगाने के लिए हम पलायन करते हैं, अपना मन कहीं और लगाने की कोशिश करते हैं। अगर वहाँ भी हमारा मन नहीं बहलता तो किसी व्यसन की आड़ में उसे छिपाने का प्रयास करते हैं। जैसे कोई जाकर शराब पीता है, नशा करता है, सिगरेट पीता है। जिससे उसे कुछ समय के लिए उन भावनाओं से छुटकारा मिल जाता है। कभी चिड़चिड़ करके, किसी से झगड़ा करके हम अपनी नाराज़गी ज़ाहिर करते हैं। कहने का अर्थ है कि हम अपनी ही भावनाओं के चक्रव्यूह में फँस जाते हैं और उससे निकलने के बजाय उसी में और धँसते चले जाते हैं।

अध्याय-३

भावनाओं की गुफाओं से कैसे गुज़रें

इंसान के अंदर भावनाओं, संवेदनाओं का सैलाब उफनता रहता है। हर घटना में, हर इंसान के व्यवहार के साथ कुछ अच्छी, बुरी भावनाएँ सदा मन में रहती हैं। किसी ने कुछ भला-बुरा कह दिया तो सीने पर दबाव सा बना रहता है। डर की भावना है तो पेट पर दबाव रहता है। ज़िम्मेदारी का बोझ है तो वह पीठ और कंधों पर अपना असर दिखाता है। कुल मिलाकर कहीं पर भी अच्छी भावना नहीं होती। नकारात्मक भावों से बचने के लिए मन दूसरों पर इल्ज़ाम लगाता है, बड़बड़ करता है क्योंकि इससे मन को थोड़ी देर के लिए राहत मिलती है। आइए, इसे एक उदाहरण द्वारा समझें।

मान लें, आपके घर में आधी रात को अचानक कुछ मेहमान आ गए। आप न चाहते हुए भी चेहरे पर झूठी खुशी का नकाब लगाकर, नकली मुस्कान के साथ उनका स्वागत करते हैं। उन्हें चाय पिलाते हैं, खाना खिलाते हैं। मगर अंदर ही अंदर गुस्से में बड़बड़ करते हैं कि 'थोड़ी तो समझ होनी चाहिए... इतनी रात को किसी के भी घर मुँह उठाए चले आते हैं... यह भी कोई वक्त है आने का? पहले ही इतनी थकान है, कितने काम निपटाने बाकी हैं! अब इनके लिए फिर से खाना बनाओ, इनकी आवभगत करो...।'

इस तरह क्या-क्या नहीं चलता है आपके अंदर? आप मन ही मन कुढ़ते रहते हैं मगर ऊपर से मुस्कराकर बोलते हैं- 'हाँ, लीजिए... लीजिए...

अपना ही घर समझिए, उसमें क्या है!'

ये दो विपरीत बातें आपके साथ हो रही हैं- एक बाहरी दृश्य है, जिसे बदला नहीं जा सकता। लेकिन अंदर कुछ और ही चल रहा होता है, जिसे आप चाहें तो बदल सकते हैं।

आपका सकारात्मक या नकारात्मक प्रतिसाद एक कर्म (भाव) बीज है, जो भाव के स्तर पर है इसलिए भावनाओं को समझना बेहद ज़रूरी है। यदि आप भावों को समझेंगे तो ही उस गुफा से गुज़रते वक्त सही विचार रखेंगे और सही विचार करने से ही 'विचार नियम की क्रांति' फैलेगी। वरना गुफाओं (भावनाओं) से गुज़रते वक्त मन में हुई बड़बड़ के आधार पर तय किया जाता है कि उसे आगे जाने दिया जाए या नहीं।

हम जिस शरीर रूपी कार को चला रहे हैं, उसमें क्या रिकॉर्ड हो रहा है? आज तक हम जितनी गुफाओं से गुज़रे हैं, जो-जो हमारे भीतर रिकॉर्ड हुआ है, वह आज भी हमें तकलीफ दे रहा है या मुक्त कर रहा है? जिस दिन ज्ञान के साथ आप इन गुफाओं से गुज़रना सीख जाएँगे, वह दिन आपके लिए यादगार दिन बन जाएगा। कैसे? आइए इसे एक उदाहरण से समझेंगे।

एक छोटा दुकानदार था। उसकी गुजर-बसर करने लायक अच्छी-खासी कमाई हो जाती थी। अतः वह अपने रोजगार से खुश और संतुष्ट था। मगर एक दिन उसे मालूम पड़ा कि उसकी दुकान के सामने एक सुपरमार्केट खुलनेवाला है। यह जानकर वह बहुत परेशान हो गया और बड़बड़ करने लगा कि 'जब सामने इतना बड़ा सुपरमार्केट होगा तब मेरी छोटी सी दुकान में कौन सामान खरीदने आएगा... मेरा तो सारा बिजनेस ही ठप्प हो जाएगा... ऐसा मेरे साथ ही क्यों होता है... अब मेरा और मेरे परिवार का क्या होगा... मैंने किसी का क्या बिगाड़ा है, जो मेरा नुकसान हुआ...' आदि।

आखिर परेशानी की इस अवस्था में वह अपने गुरु के पास गया और उन्हें सारी बात कह सुनाई। उसने गुरु से पूछा- 'अब आप ही बताइए, मैं क्या करूँ?' गुरु ने उसे बताया- 'रोज़ सुबह जब तुम सैर के लिए जाते हो तब कुछ क्षण अपनी दुकान के सामने खड़े होकर उसे प्रेम से देखना और उससे क्षमा माँगना।'

यह सुनकर उस इंसान को आश्चर्य हुआ कि मुझे मेरी दुकान से किस बात के लिए क्षमा माँगनी है? गुरु ने कहा, 'तुमको इसलिए क्षमा माँगनी है कि इतने दिन

तक वह तुम्हें रोज़गार देती रही, तुम्हारा और तुम्हारे परिवार का पालन-पोषण करती रही मगर तुमने उसे कभी धन्यवाद नहीं कहा। इस बात के लिए तुम्हें क्षमाप्रार्थी होना चाहिए। अतः गुरु को साक्षी रखकर उससे क्षमा माँगो कि 'कृपया मुझे क्षमा करें।'

इसके बाद गुरु बोले, 'इतना ही नहीं, वह जो सुपरमार्केट बन रहा है, उससे भी तुमको क्षमा माँगनी है कि तुम्हारे लिए मेरे मन में बुरे विचार आए... मैंने तुमसे नफरत की... तुम्हारा बुरा चाहा... इसके लिए मैं क्षमाप्रार्थी हूँ।' हाँलाकि उस इंसान को निर्जीव दुकानों से क्षमा माँगने का तात्पर्य समझ नहीं आया था, फिर भी गुरु की आज्ञा के कारण उसने ऐसा करना शुरू किया।

एक महीने बाद वह वापस गुरुजी के पास आया और कहने लगा, 'गुरुजी, मैं अपनी दुकान बंद कर रहा हूँ।' गुरुजी ने पूछा- 'क्यों... क्या हो गया?' तो दुकानदार खुश होकर बोला- 'वह जो सामने सुपरमार्केट खुल रहा है न, वह मुझे चलाने के लिए दे दिया गया है।' उसकी बात सुन गुरुजी बहुत प्रसन्न हुए। उन्होंने पूछा- 'यह चमत्कार कैसे हो गया?' उसने बताया- 'मैं रोज़ सुबह सैर के लिए जाता था और आपके कहे अनुसार, दुकान एवं सुपरमार्केट दोनों से क्षमा माँगता था और उन्हें धन्यवाद भी देता था। वहाँ पर उस सुपरमार्केट का मालिक भी सैर के लिए आता था। मेरी उससे दोस्ती हो गई। बातों-बातों में एक दिन उसने मुझसे पूछा कि 'तुम यह क्षमा क्यों माँगते हो?' मैंने उसे सारी बात बताई। उसे यह बात बहुत पसंद आई। उसने मुझसे कहा- 'तुम्हारी विनम्रता, सच्चाई और काम के अनुभव के कारण मैं तुम्हें यह सुपरमार्केट चलाने का ऑफर देता हूँ।'

देखा आपने क्षमा का जादू! धूल से फूल बनाने का जादू! अगर वह दुकानदार उस सुपरमार्केट के मालिक के प्रति नफरत रूपी धूल से भरा होता तो उसका व्यवहार कैसा होता, उनमें दोस्ती संभव ही न थी। क्षमा के फूल ने उसके विचारों को शुद्ध बनाया, उसे विनम्र और सकारात्मकता का चुंबक बनाया इसलिए उसके जीवन में ऐसा मौका आना संभव हुआ।

यदि इंसान को सत्य का ज्ञान मिला है और उसके पास समझ, विवेक है तो वह हर उस गुफा या सुरंग से गुज़रते वक्त ज्ञान का सही उपयोग करेगा। केवल इतना ही नहीं, अपने जीवन को बेहतर बनाने के लिए ज्ञान का पूर्ण लाभ लेगा और आगे भी इसी ज्ञान के सहारे वह अपने पृथ्वी लक्ष्य को प्राप्त करेगा। वरना गुफाओं में उलझकर रह जाएगा।

खण्ड २
सुखी जीवन के आठ पासवर्ड

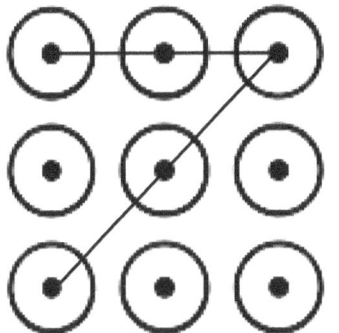

अध्याय-४

सुखी जीवन के पासवर्ड की पहली पंक्ति

दुःख मुक्ति की यात्रा के दौरान जब आप पहली गुफा से गुज़र रहे थे तो उस गुफा पर लिखा हुआ था 'अशांति'। यानी आप अशांति की गुफा से गुज़र रहे हो यह आपको मालूम नहीं था। आपने मन ही मन कहा- 'मैं अशांत हूँ।' और यह बात मस्तिष्क रूपी रिकॉर्डिंग मशीन में रिकॉर्ड हो गई।

जब-जब आप अपने लिए ऐसी पंक्तियों का प्रयोग करते हैं कि 'मैं बहुत तनाव में हूँ…अशांत हूँ… गुस्से में हूँ… परेशान हूँ… बोर हो रहा हूँ… लोगों से नफरत कर रहा हूँ… क्रोधी हूँ… अहंकारी हूँ…' तब आप अपने वास्तविक स्वरूप को भूलकर नकारात्मकता में चले जाते हैं। ऐसा करने के बजाय आप खुद को याद दिलाएँ कि 'सत्य क्या है और मैं असल में कौन हूँ? उपरोक्त पंक्तियाँ, जिनका मैं खुद के लिए इस्तेमाल करता रहता हूँ, क्या यही मेरी पहचान है या मैं कुछ और हूँ?' इसी से संबंधित है सुखी जीवन के पासवर्ड की पहली पंक्ति।

इंसान की सबसे गहरी और मूल मान्यता है, 'मैं शरीर हूँ।' इंसान स्वयं को शरीर मानकर ही जीता है और जीवन में आनेवाले सुख-दुःख के खेल में उलझकर दुःखी जीवन जीता है। परंतु जब दुःखों की अति हो जाती है तब उसके मन में कुछ सवाल उठते हैं। जैसे, 'क्या इसी तरह जीकर एक दिन इस पृथ्वी से चले जाना है?

इस पृथ्वी पर मैं क्यों आया हूँ? मैं कौन हूँ?' फिर उसकी सत्य की खोज शुरू होती है। यह खोज शुरू हुई दुःख के कारण। जो दुःख सत्य के रास्ते पर अग्रसर करे, वह दुःख- दुःख नहीं है। **यह दुःख हमें सुखी जीवन के पासवर्ड की पहली पंक्ति देता है, 'कौन हूँ मैं'**। यह पूरी मनुष्य जाति का सबसे 'पहला पासवर्ड' है।

कोई भी जानवर खुद से यह सवाल नहीं पूछता क्योंकि उसे इस सवाल की आवश्यकता नहीं है, न ही उसे सोचने के लिए बुद्धि मिली है। इंसान विचारवान है, वही इस बात को समझ सकता है। अगर वह कह रहा है, 'मैं अशांत हूँ' तो पासवर्ड ने अपना काम नहीं किया, वह नाकाम हो गया। बजाय इसके अगर इंसान कहता, 'मैं शांत इंसान हूँ, जो इस समय अशांति की गुफा से गुज़र रहा है' तो रिकॉर्डिंग बदल जाती है। दरअसल आप हमेशा से ही शांत हैं मगर बीच-बीच में अशांति की भावना रूपी छोटी गुफा आती है, जिससे आप गुज़रते हैं।

जब आप बीमार होते हैं तब आप बीमारी की गुफा से गुज़र रहे होते हैं और आप कहते हैं- 'मैं बीमार हूँ।' असल में आपको कहना चाहिए- 'मैं स्वस्थ हूँ लेकिन इस वक्त बीमारी की गुफा से गुज़र रहा हूँ।' याद रहे, बीमारी में आपको यह नहीं कहना है कि 'मैं बीमार हूँ' बल्कि आपको कहना है- 'मैं स्वस्थ हूँ, बीमारी का छोटा सा पिंपल ही तो आया है। ये मुँहासे तो आते-जाते रहते हैं।' वरना आप जितनी बार दोहराएँगे 'मैं बीमार हूँ, मैं अस्वस्थ हूँ', उतनी बार आप कुदरत को असत्य बता रहे हैं और कुदरत आपके विश्वास अनुसार आपको फल देती है।

जब दुःख या अशांति आती है तब लोग खुद को भुला देते हैं। यदि आप खुद को याद रख पाए तो संभव है आप खुद को बता पाएँगे कि 'मैं खुशी हूँ, जो इस वक्त दुःख की छोटी गुफा से गुज़र रहा हूँ।' इससे आप अनावश्यक दुःख से बच जाएँगे और सुखी जीवन की ओर यात्रा करेंगे।

क्या कभी दुःख में आपने ऐसा कहा है- 'मैं खुश इंसान हूँ' नहीं न? मगर आज के बाद आप कम से कम अपने लिए तो सकारात्मक बोलना शुरू कर दें। क्योंकि दुःख ने तो आपको याद दिलाया कि आप कौन हैं तो दुःख को दुःख न कहें, दुःख तो रिमाईंडर है... फीडबॅक है... ईश्वर की पुकार है...। मगर इंसान ने दुःख को दुःख कहकर, उसे ब्लैक में खरीदकर (जहाँ दुःख की घटना न हो, वहाँ

पर भी दुःख मनाना) इतना बड़ा बना दिया, जिसकी वजह से आपके मन में उसकी रिकॉर्डिंग हो गई। जिस वजह से आपकी कार ऊपर पहाड़ी की यात्रा में न जाकर वापस नीचे लौट आई। आप चेतना के सातवें स्तर तक नहीं पहुँच पाए।

इस दुःख के ताले को सही पासवर्ड से खोलना सीखें ताकि सुखी जीवन का रास्ता आपके लिए खुल जाए।

अध्याय-५

दुःख है सुख का संकेत

एक दुःखी इंसान पृथ्वी से जाते-जाते अपने निशान छोड़कर गया। वह कब्र में लेटा हुआ था और लोग कह रहे थे- 'बेचारा, इसने अपनों के लिए क्या-क्या नहीं किया मगर किसी ने इसे समझा ही नहीं।'

वह इंसान हमेशा से यही सुनना चाहता था कि 'कोई मुझे गलत न समझे, मैं इतना अच्छा हूँ, मैंने सबके लिए क्या-क्या नहीं किया लेकिन किसी ने मुझे नहीं समझा।' जबकि हकीकत इसके बिलकुल विपरीत थी, लोगों ने उसे नहीं समझा क्योंकि वह कभी खुद को ही नहीं समझ पाया था। जो इंसान खुद को नहीं समझ पाया, वह लोगों से कैसे उम्मीद कर सकता है कि वे उसे समझेंगे?

इस पुस्तक की शुरुआत में ही आपको दो पंक्तियाँ दी गई थीं और किसी एक पंक्ति का चुनाव करने के लिए कहा गया था।

पहली पंक्ति -   'मुझे कोई गलत न समझे'

दूसरी पंक्ति -   'मुझे बंधन से, दुःखी जीवन से मुक्ति, संपूर्ण आज़ादी मिले। चाहे लोग मुझे गलत समझें तो समझें।'

ज़्यादातर लोग पहली पंक्ति का ही चुनाव करते हैं। इंसान की यही चाहत होती है कि लोग उसे गलत न समझें। परंतु उसकी यह चाहत उसे कहाँ पहुँचाती है, इसे एक उदाहरण से समझें।

एक गाँव में एक कब्रिस्तान था। इस कब्रिस्तान में चार खंड थे। जब भी कोई इंसान मरता तो लोग मृत इंसान के शरीर को इन चार कब्रों में से किसी एक कब्र में दफना देते थे।

पहला खंड उन लोगों का है, जो कहते हैं, 'मैं सही हूँ।' और वे अपना बाकी जीवन इसे साबित करने की कोशिश में बिता देते हैं।

ऐसे लोगों की कब्र पर इस तरह का स्मृति-लेख लगा था : यहाँ वह इंसान दफन है, जो हमेशा सही था लेकिन हमेशा दुःखी रहा।

दूसरे खंड की कब्रों पर लिखा था : यहाँ वह इंसान दफन है, जो हमेशा गलत था लेकिन हमेशा खुश था। कम से कम यह पहले खंड की कब्रों से बेहतर था। दूसरे प्रकार के लोग गीत गाते थे। दूसरे उन्हें नकारते थे लेकिन वे ज़रा भी परवाह नहीं करते थे। वे खुशी में जिए, खुशी में मरे।

तीसरा खंड उन लोगों का था, जो सही थे क्योंकि वे हमेशा दूसरों को सही मानते थे।

कई लोगों ने कुछ चीज़ों को सही मान लिया था। वे सोचा करते थे कि वे तीसरे प्रकार के हैं। लेकिन जब वे मरे, तो उनकी कब्र किसी दूसरे खंड में पाई गई। उनके पास सर्टिफिकेट भी थे। लेकिन कब्रें सर्टिफिकेट के नहीं, कर्मों के आधार पर बनती थीं।

चौथे खंड की कब्रों पर यह स्मृति-लेख लिखा जाता था - यहाँ वह मनोशरीर यंत्र दफन है, जिसके द्वारा ईश्वर ने स्वयं को व्यक्त किया। स्मरण रहे, इंसान नहीं बल्कि 'मनोशरीर यंत्र' (देह) कहा गया। इसका अर्थ है ऐसा इंसान, जिसने 'मैं कौन हूँ' यह जान लिया, जिसने अव्यक्तिगत जीवन जीया, जिसने जीते जी ही समाधि की अवस्था प्राप्त कर ली। जिन्हें सच्चा ज्ञान मिलता है, सिर्फ वही इस अवस्था में पहुँचते हैं।

लोग आपको समझ पाएँ, इसके पहले आपको खुद को समझना होगा। अर्थात पहले पासवर्ड की पंक्ति को गहराई से समझना होगा, 'कौन हूँ मैं?'

मान लें, आप अपनी गाड़ी से कहीं जा रहे हैं और गाड़ी का पेट्रोल खत्म होने जा रहा है। ऐसे में प्वाईंटर आपको संकेत देता है कि गाड़ी में पेट्रोल भरवाने का समय आया है। तब क्या आप दुःखी होते हैं? नहीं, उलटे आप खुशी-खुशी पेट्रोल

भरवाते हैं। साथ ही यह समझ भी रखते हैं कि गाड़ी पेट्रोल खत्म होने का संकेत दे रही है यानी वह बेहतरीन ढंग से काम कर रही है। परंतु यदि आप उस संकेत को अनदेखा करते हैं तो आपकी गाड़ी आगे नहीं बढ़ेगी।

इसी तरह जब जीवन में दुःख आए तो स्वयं को याद करें, खुद को पहचानें, सच्चाई का पता लगाएँ। सच्चाई यह है कि आप खुशी हैं, जो इस समय दुःख की छोटी गुफा से गुज़र रहा है। यदि यह बात आपको याद है तो आप गुफा में भी आनंद भरे गीत ही गाएँगे। यह याद नहीं है तो दुःखभरे नगमे ही गाते रहेंगे– 'ज़िंदगी का सफर है ये कैसा सफर, कोई समझा नहीं, कोई जाना नहीं।' अर्थात आपको सफर में सफरिंग (तकलीफ) ही होगी।

यदि आपको यह बात स्पष्ट है कि आप जो भी कहते हैं, सोचते हैं, कुदरत उसे आपका आदेश समझकर, पूर्ण करने में तत्परता से जुट जाती है तो आप हर बात सोच-समझकर ही बोलेंगे। क्योंकि आपके द्वारा कही गई, सोची गई हर नकारात्मक बात आपके पास ही वापस आए, यह आप कभी नहीं चाहेंगे। अतः नकारात्मक बोलने के बजाय सकारात्मक पंक्तियाँ दोहराएँ। अगर आपको पहला 'पासवर्ड' स्पष्ट है, आपने इसे भली-भाँति समझ लिया है तो आप देखेंगे कि आपके जीवन में प्रेम, आनंद और मौन बढ़ना शुरू हो चुका है।

इसके लिए दुःख, बीमारी या तकलीफ में यह याद आना बहुत महत्वपूर्ण है कि 'मैं स्वस्थ हूँ... सिर्फ बीमारी का छोटा सा पिंपल आया है... अशांति आई है।' तो थोड़ी देर के बाद आप देखेंगे कि अस्वास्थ्य या दुःख की वह गुफा खत्म हो गई। आप हर भावनात्मक गुफा से बाहर, खुले आसमान के नीचे आ गए। अब आपको फिर से जब कोई गुफा दिखेगी तो आपके चेहरे पर मुस्कराहट आएगी। क्योंकि अब आप समझ चुके हैं कि **'मैं जो वास्तव में हूँ, वह हर अशांति, बीमारी, तकलीफ नामक गुफाओं से गुज़रता रहता है।'** जीवन के सफर में ऐसी छोटी-मोटी गुफाएँ तो आती रहेंगी मगर आप अपने वास्तविक स्वरूप को भूलेंगे नहीं तो सदा खुश रह पाएँगे।

जब कभी आपको ऐसी गुफा दिखाई दे, जिस पर लिखा है 'दुःख' तब आप समझ जाएँ कि यह तो खुशी की याद दिलाने के लिए आई है। अर्थात दुःख की भावना आते ही समझ जाएँ कि यह खुश होने का समय है। उस समय अगर आपकी दृढ़ता अधिक न होने के कारण आप आनंद का गीत न गा पाएँ तो कम से कम स्वयं को याद दिलाएँ कि 'इस वक्त मुझे नकारात्मक विचार नहीं करने हैं।'

अध्याय-६

****

कुदरत को अपना पक्ष बताएँ

जब आपको क्रोध आता है तब आप क्या करते हैं? सिर्फ क्रोध करते हैं या क्रोध पर क्रोध करते हैं? आप कहेंगे- 'क्रोध करना यह तो समझ में आता है लेकिन क्रोध पर क्रोध करना क्या होता है...?' यकीन मानिए, हम सभी क्रोध पर क्रोध करते हैं। आइए जानें, कैसे-

मान लीजिए, आपको किसी ने बताया कि 'आपका बच्चा फेल हो गया है' तब आप आव देखते हैं न ताव और रिपोर्ट कार्ड देखे बिना, अपने बच्चे की बात सुने बिना ही उस पर बरस पड़ते हैं। फिर अपने गुस्से की आग थोड़ी शांत होने पर आपको बच्चे का रिपोर्ट कार्ड देखने का खयाल आता है। रिपोर्ट से आपको पता चलता है कि आपका बच्चा तो अव्वल नंबरों से पास हुआ है।

अब आपका गुस्सा- करुणा और ग्लानि में बदल जाता है। 'मैंने ख्वाहमख्वाह अपने दिल के टुकड़े पर क्रोध किया... इसने तो मेरी उम्मीद से बढ़कर नंबर लाया है... मैंने उसे इतना डाँटा और वह चुपचाप सुनता रहा...' इस तरह कुछ देर तक आपके अंदर पछतावे के विचार चलते हैं। अफसोस कर लेने के बाद आपको फिर से क्रोध आता है लेकिन इस बार बच्चे पर नहीं बल्कि अपनी मूर्खता और बिना सोचे-समझे तैश में आने की आदत पर। यही है क्रोध पर क्रोध करना।

यह तो एक छोटा सा उदाहरण था। ऐसे अनेकों उदाहरण आपके सामने आते

रहते हैं, जब आप अपना संयम खोकर, गुस्से से आग-बबूला हो जाते हैं। फिर संतुलित होने पर आपको अपने क्रोध पर क्रोध आता है कि 'मैं अपने गुस्से पर काबू क्यों नहीं रख पाता?'

आपको अपने क्रोध से लड़ना नहीं है और न ही क्रोध पर क्रोध करना है। ज़्यादातर लोग दोहरे क्रोध की मार झेलते हैं। क्रोध आया है, ऊपर से क्रोध पर क्रोध आता है कि 'मुझे क्रोध क्यों आता है, इस पर नियंत्रण क्यों नहीं हो पाता, इस क्रोध ने तो मेरा जीवन बरबाद कर दिया है' या 'मैंने पछताने में अपना जीवन क्यों गँवाया?' इस तरह क्रोध पर क्रोध, दुःख पर दुःख और पछतावे पर पछतावा, इस दुःश्चक्र से इंसान निकल नहीं पाता। इस दुःश्चक्र से बाहर आने के लिए आपको क्या करना होगा, आइए समझते हैं।

क्रोध आते ही मन तुरंत घोषणा कर देता है कि 'मैं बहुत क्रोध में हूँ।' जब आप क्रोध में हैं तब दरअसल आप क्रोध की छोटी गुफा से गुज़र रहे हैं। असल में तो आप एक प्रेममय इंसान है। वरना 'मैं क्रोधी हूँ' कहते ही जो असत्य की रिकॉर्डिंग होती है, उससे आपका भविष्य तैयार होने लगता है। सच यह है कि आप 'प्रेम' हैं, आप प्रेम के पक्ष में हैं, आप सदा प्रेम ही हैं। गुफा चाहे कोई भी हो, आपको यह याद आना महत्वपूर्ण है कि 'मैं कौन हूँ और किसके पक्ष में हूँ।'

मान लें, आपकी अपने एक मित्र से अनबन हुई है और वह आपके घर के बाहर अपनी पार्टी का झंडा लगाकर गया है। झंडे को देखकर उसी पार्टी का एक और सदस्य आपके घर में आता है। आप उसे बिठाकर चाय पिलाते हैं, उसे बताते हैं कि 'मेरा मित्र मेरे घर के बाहर अपनी पार्टी का झंडा लगाकर गया है मगर मैं उस पार्टी का नहीं हूँ। मैं उसके पक्ष में नहीं हूँ।'

यदि आप उस पार्टी के नहीं हैं तो तुरंत अपना पक्ष स्पष्ट करें। अर्थात अगर आप क्रोध के पक्ष में नहीं हैं तो खुद को तुरंत बताएँ कि 'मैं क्रोध के पक्ष में नहीं बल्कि प्रेम, आनंद और मौन के पक्ष में हूँ।' इससे आपकी भावना बदल जाएगी और क्रोध पर क्रोध नहीं होगा।

इस उदाहरण से आप समझ चुके होंगे कि यहाँ किस मित्र की बात हो रही है।

आपका मित्र है- आपका शरीर। पार्टी का झंडा लगाना अर्थात किसी संवेदना का उभरना। दूसरे सदस्य का घर पर आना यानी दोहरी भावना का चिपक जाना-

जैसे गुस्से पर गुस्सा, दुःख पर दुःख, पछतावे पर पछतावा करना इत्यादि। सदस्य की आवभगत करना यानी नकारात्मक भावनाओं में रहना, उन्हीं का बार-बार विचार कर, खुद को परेशान करना।

अतः जब कभी आप निराशा से घिर जाएँ और उसे हटाने के प्रयास विफल हो जाए तब खुद को बताएँ- 'मैं आशावादी इंसान हूँ, जो इस वक्त निराशा की गुफा से गुज़र रहा है, मैं आशा के पक्ष में हूँ।' यहाँ स्वयं को तथा कुदरत को अपना पक्ष बताना बहुत ज़रूरी है। जैसे ही आप कुदरत के सामने अपना पक्ष रखते हैं, वह उसे तुरंत पूरा करने में जुट जाती है और देखते ही देखते आप पाएँगे कि आपकी भावना बदल गई। फिर उस बदली हुई भावना से आप कुदरत से नई माँग करें।

अध्याय-७

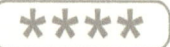

****

कुदरत की रचनात्मकता

कुदरत किसी भी चीज़ का निर्माण कैसे करती है, यह किसी आश्चर्य से कम नहीं। क्या आपने कभी सोचा है, लोग एक-दूसरे से कैसे आकर्षित होते हैं? लड़का-लड़की, बॉस-कर्मचारी, मालिक-नौकर, सास और बहू इत्यादि एक-दूसरे के जीवन में कैसे आते हैं?

लोग अनजाने में जिन्हें नहीं चाहते, उन्हें ही अपने जीवन में आकर्षित करते हैं। बहुत बार हम यही सोचते हैं कि 'मुझे ऐसी सास पसंद नहीं, ऐसा पति न मिले, मेरा बॉस बुरा न हो।' इस तरह 'न', 'नहीं', 'ना' शब्द बोल-बोलकर ही हम अपने जीवन में ऐसे लोगों को आमंत्रित करते हैं। इसलिए 'क्या चाहिए' इस पर ज़ोर दें।

लोगों को लगता है, 'मेरे साथ ही ऐसा होता है... मेरे ही जीवन में ऐसे लोग क्यों आते हैं?' कारण हम अनजाने में कुदरत को गलत आदेश देते रहते हैं। अतः आज से ही यह प्रण लें कि हमें जो चाहिए सिर्फ वही कुदरत को बताएँगे। 'क्या चाहिए' यह हमेशा याद रखें क्योंकि उसी से हमारे जीवन में सही निर्माण होगा।

एक माँ अपनी बेटी से कहती है-'तू बड़ी बुद्धू है। तुझे तो एक होशियार (स्मार्ट) लड़का मिलना चाहिए तब जाकर तुम्हारी गृहस्थी अच्छी चलेगी।' बेटी बचपन से ही अपनी माँ से ऐसी बातें सुनती रहती है। धीरे-धीरे वह भी अपनी माँ की बात को सच मानने लगती है। अतः उसके मन में विचार चलते हैं कि 'मुझे पति के

रूप में होशियार लड़का मिलना चाहिए।' वहीं दूसरी ओर एक लड़का है, जो शादी करना चाहता है और उसके मन में विचार चलते रहते हैं कि 'मैं तो इतना होशियार हूँ, कहीं ऐसा न हो कि मुझे किसी बुद्धू लड़की से शादी करनी पड़े।' अंततः परिणाम यही निकलता है कि उस लड़की को होशियार पति मिलता है और लड़का, जो नहीं चाहिए वही सोच-सोचकर, बुद्धू लड़की को ही अपने जीवन में आकर्षित करता है। इस तरह दोनों की प्रार्थनाएँ पूरी होती हैं।

विश्व में सभी की प्रार्थनाएँ पूरी हो रही हैं इसलिए लोग एक-दूसरे से जुड़ते हैं। यह सब अनजाने में और बेहोशी में चल रहा है। जैसे ही जागृति आए, कम से कम तब तो हम अपने विचार सकारात्मक रखने शुरू कर दें।

जब इंसान खुद को मात्र शरीर मानकर जीने लगता है तब उसका दृष्टिकोण भी संकुचित हो जाता है। वह अपने बारे में गलत धारणाएँ बना लेता है। जैसे- 'मैं बुद्धू हूँ... बुरा हूँ... दुःखी हूँ... निराश हूँ...' इत्यादि। और सही समझ न होने के कारण इंसान इन बातों में उलझकर रह जाता है। मगर अब आगे आप यह गलती नहीं दोहराएँगे क्योंकि आपको एक ऐसा 'पासवर्ड' मिला है, जो हर ताले को खोल सकता है। इस पासवर्ड को समझकर उस पर मनन करेंगे, उसे अपने जीवन में उतारेंगे तो आप खुद को हर लेबल, हर धारणा से मुक्त होता हुआ पाएँगे। जब 'मैं शरीर नहीं हूँ बल्कि उससे भी परे असीम हूँ', इस बात की दृढ़ता आपके अंदर आएगी तब आप हर दुःख से बाहर आ जाएँगे।

जब हमारी शर्ट फट जाती है तब हम यह कभी नहीं कहते कि 'मैं फट गया' क्योंकि हम जानते हैं, यह शर्ट मैं नहीं। वैसे ही शरीर आपने पहना है, आप शरीर नहीं हैं। मगर शरीर के बीमार होने पर इंसान कहता है, 'मैं बीमार हूँ।' फलतः गलत धारणा से गलत परिणाम आते हैं। जिससे बचने के लिए पहली कार्ययोजना है- आज से ही ऐसी नकारात्मक पंक्तियाँ बोलना बंद कर दें कि 'मैं गरीब, सुस्त, बीमार, अशांत, क्रोधी हूँ...।'

जब भी आपके भीतर कोई भावना (इमोशन) जगे तब पहले शांत हो जाएँ, कोई लेबल न लगाएँ, न ही यह समझें कि यह हमेशा के लिए है। उसके विपरीत सकारात्मक पंक्तियाँ दोहरानी शुरू कर दें। देखते ही देखते वह भावना कमज़ोर पड़ती जाएगी और आप उसमें से बाहर निकल आएँगे। वरना लोग भावनाओं में बहकर

चिड़चिड़ करना शुरू करते हैं। गलत कर्म और व्यसनों में चले जाते हैं। शराब पीने लग जाते हैं, लोगों से लड़ते-झगड़ते हैं, रिश्ते खराब कर देते हैं। यहाँ तक कि पति-पत्नी तलाक तक पहुँच जाते हैं क्योंकि वे अपनी दुःखद भावनाओं पर काबू नहीं कर पाते। इंसान समझ ही नहीं पाता कि उसकी भावना उसे क्या बता रही है। भावनाओं को समझने-बूझने का प्रशिक्षण आज तक किसी ने दिया नहीं है इसलिए आज इंसान के लिए अपनी भावनाओं को नियंत्रित करना कठिन हो जाता है।

अब आपको प्रशिक्षण मिल रहा है, अपनी भावनाओं को पढ़ना सिखाया जा रहा है। यह प्रशिक्षण प्राप्त कर आप उच्चतम अभिव्यक्ति के लिए तैयार हो जाएँगे।

पहले पासवर्ड में मिली कार्ययोजना को समझकर उस पर कार्य करेंगे तो संभव है कि आप हर उस विचार से मुक्त हो जाएँगे, जिससे आपको दुःख या तकलीफ होती है। वरना विचार, उसके पीछे छिपी भावना और अगर भावना नकारात्मक है तो उसके कारण होनेवाली पीड़ा और उस पर होनेवाली आपकी प्रतिक्रिया (भाव, वाणी, विचार, क्रिया) ये चारों मिलकर आपको लक्ष्य से पीछे खींच लेते हैं। भावनाओं का प्रशिक्षण प्राप्त कर, आगे बढ़ें।

विचारों को सुंदर, स्वस्थ और समृद्ध बनाएँ

टी.वी. पर बहुत से विज्ञापन दिखाए जाते हैं, जो बताते हैं कि इंसान को पतला, सुंदर, अमीर तथा निरोगी होना चाहिए। लगभग हर विज्ञापन द्वारा अलग-अलग तरह से यही बताने का प्रयास किया जाता है। मगर ऐसे विज्ञापन नहीं दिखाए जाते, जो लोगों को बताएँ कि विचारों को पतला, सुंदर, स्वस्थ और समृद्ध कैसे बनाया जा सकता है। जब हमारे विचार रोगी बनने के बजाय निरोगी बनेंगे तो स्वतः ही वे सुंदर, पतले और समृद्ध बनते जाएँगे। अतः अपने नफरत, क्रोध, ईर्ष्या, दुःख के बदसूरत विचारों को पतला बनाएँ, जो मोटे बनकर बैठे हैं। इन्हें खूबसूरत बनाने की क्रीम (प्रेम, आनंद, मौन) का इस्तेमाल करें।

लोग विज्ञापन देखकर लालायित हो उठते हैं कि 'मुझे भी खूबसूरत बनना है।' फिर वे खूबसूरत बनने के लिए बहुत समय और पैसा खर्च करते हैं। लेकिन विचारों को कैसे खूबसूरत बनाया जाए, इस बात पर खर्चा नहीं करना चाहते क्योंकि विचारों की सुंदरता का महत्त्व वे नहीं जानते। अतः अपने विचारों पर कार्य करें, उन्हें सुंदर, निरोगी, पतला और समृद्ध बनाएँ, बाकी सब स्वतः ही होगा। बदसूरत विचार

आपकी आगे की यात्रा में भी बाधा बने रहेंगे। जबकि खूबसूरत विचारों से आपके जीवन में खूबसूरती आएगी, आपका जीवन समृद्धि, प्रेम, आनंद, चुस्ती, संतुष्टि और स्वास्थ्य से भरपूर होगा।

अध्याय-८

सुखी जीवन के पासवर्ड की दूसरी पंक्ति

हर इंसान के जीवन में कुछ लोग सकारात्मक भूमिका निभाते हैं तो कुछ लोग नकारात्मक। सकारात्मक लोगों से हमें जीवन जीने की, आगे बढ़ने की प्रेरणा मिलती है तो नकारात्मक लोगों की वजह से जीवन बोझ लगने लगता है। ऐसा इसलिए होता है क्योंकि हम सीमित दायरे से बाहर निकलकर सोच ही नहीं पाते। सच तो यह है कि जीवन में जिस तरह सकारात्मक भूमिका निभानेवाले लोगों की आवश्यकता होती है उसी तरह नकारात्मक लोगों की भी आवश्यकता होती है। दरअसल जिनके साथ आपकी अनबन चल रही है या जो लोग आपके जीवन में नकारात्मक भूमिका निभा रहे हैं, वे लोग तो वास्तव में आपके अंदर के अप्रकाशित कोने को प्रकाश में लाने के लिए निमित्त बन रहे हैं। यह रहस्य आप नहीं जानते इसलिए परेशान होकर दु:खभरा जीवन जीते हैं। इसी रहस्य को उज़ागर करती है, सुखी जीवन के पासवर्ड की दूसरी पंक्ति।

सुखी जीवन के पासवर्ड की दूसरी पंक्ति है – 'कौन है वह?' कौन है वह यानी सामनेवाला कौन है? सामनेवाला है आपका 'साझेदार' (भागीदार), जो आपके जीवन में महत्वपूर्ण भूमिका निभाने आया है। वह आपके जीवन में आपका सहयोगी (कॉन्ट्रिब्यूटर) बनकर आया है। वह आपका सह-निर्माता यानी को-क्रिएटर है। यदि आपके जीवन में आपके लिए कोई नकारात्मक भूमिका निभा रहा है तो समझ लीजिए कि वह पृथ्वी पर आपका साझेदार बनकर आया है।

यदि आप चाहते हैं कि आप प्रेम की ऊँचाइयों को छूएँ तो आपके जीवन में कोई ऐसा इंसान आता है, जो आपको नफरत दिलाता है। परंतु आपको उससे नफरत नहीं करनी है। वह तो आपकी दया और करूणा का पात्र है।

इसे ऐसे समझें- मान लें, आप क्रिकेट खेलना चाहते हैं और सबसे पहले बैटिंग करना चाहते हैं। इसके लिए आपको एक बॉलर की ज़रूरत होती है। क्योंकि कोई बॉलिंग करेगा तो ही आप बैटिंग कर सकते हैं। बॉलर नहीं है तो लोग ढूँढ़ते हैं, एक-दूसरे से पूछते हैं कि 'क्या तुम मेरे लिए बॉलिंग करोगे?' इसी तरह जब कोई इंसान चाहता है कि 'मैं साहस को महसूस करूँ, साहस की गुफा से गुज़रूँ' तब उसके जीवन में कोई ऐसा इंसान आता है, जो उसे डराता है। तब ही वह इंसान साहस को महसूस कर पाता है। यह तो ऐसे हुआ जैसे कि सामनेवाला आपको डराकर आपके लिए बॉलिंग कर रहा है।

अकसर आपने देखा होगा जब बच्चे खेलते हैं तब उनके साथ उनके बहुत से साथी-मित्र होते हैं। एक बच्चा क्रिकेट खेलना चाहता है मगर उसका कोई दोस्त नहीं है। फिर वह अपने पिताजी से पूछता है- 'क्या आप मेरे साथ खेलेंगे?' पिताजी अपने बच्चे से बहुत प्रेम करते हैं इसलिए वे उसकी बात मान लेते हैं। तब बेटा कहता है- 'मैं बैटिंग करूँगा, आपको मेरे लिए बॉलिंग करनी होगी।' पिताजी बॉलिंग करने के लिए राज़ी हो जाते हैं।

आप जानते हैं कि शतरंज का खेल अकेले नहीं खेला जाता। यह खेल खेलने के लिए आपको कम से कम एक साथी की आवश्यकता तो पड़ती ही है। एक चाल आप चलते हैं, एक चाल सामनेवाला चलता है। हर चाल के साथ खेल और रोचक बनता जाता है। खेल-खेल में यदि आपका विरोधी टेढ़ी चाल चले तो क्या आपको दुःख होगा? नहीं न! क्योंकि जब सामनेवाला टेढ़ी चालें चलता है, नई-नई चालें चलकर आपको मात देता है तो खेल और रोचक बनता है। फिर आपको भी इस खेल में मजा आने लगता है। आप भी खेल में दिलचस्पी बढ़ाते हुए नई-नई तरकीबें अपनाने लगते हैं। बिलकुल इसी तरह आपके जीवन रूपी शतरंज के खेल में अगर कोई आपके विरोध में खेलता है, आपको हर बार मात देता है, नई-नई चालें चलता है तब आप क्या करते हैं? अगर आप दुःखी और परेशान होते हैं तो आपने इस खेल को समझा ही नहीं है। दरअसल सामनेवाला इंसान आपके जीवन में आपका सहनिर्माता बनकर आया है। वह आपके सुप्त दिव्य गुणों को उभारने हेतु आपको बाध्य करेगा। आपकी अच्छाई को प्रकट करने में आपका सहायक बनेगा।

आपके जीवन में यदि ऐसा इंसान है तो वह आपको निखारने के लिए ही आया है। वास्तव में इस खेल में आपको जिताने के लिए ही सारी व्यवस्था की गई है।

देखा जाए तो हरेक के जीवन में नकारात्मक भूमिका निभानेवाला इंसान होता ही है। किसी के जीवन में एक तो किसी के जीवन में कई लोग होंगे। जो भी लोग आपके जीवन में निगेटिव (नकारात्मक) रोल कर रहे हैं, वे सभी प्रेम की वजह से कर रहे हैं। यह बात वे भी भूल गए हैं और आपको भी यह रहस्य मालूम नहीं है। दूसरे 'पासवर्ड' का यही कार्य है कि वह आपको याद दिलाए 'कौन है वह?'

अगर पिताजी बेटे के साथ खेल रहे हैं तो वे प्रेम की वजह से गुगली डालते हैं ताकि बेटा बैटिंग में माहिर बने। अर्थात पिताजी बेटे के जीवन में नकारात्मक भूमिका निभाकर, बेटे को निखारने-सँवारने का कार्य कर रहे हैं। परंतु इस बात से अगर दोनों भी अनजान हैं तो बेटा अपने पिता के व्यवहार से दुःखी और परेशान रहेगा कि 'मेरे साथ ही ऐसा क्यों होता है? मुझे खुशी कब मिलेगी? मुझे प्रेम कहाँ मिलेगा?' परिणामतः वह अपनी परेशानियों का समाधान बाहर तलाशने लगता है।

पिताजी हो या बेटा दोनों को यह याद आना बहुत ज़रूरी है कि जीवन में वे किसी विशेष उद्देश्य से जुड़े हैं। पति-पत्नी हैं तो दोनों आपस में साझेदार हैं। बॉस और कर्मचारी, सास-बहू आदि सभी एक-दूसरे के साझेदार हैं। और कोई बैटिंग करना चाहता है इसलिए कोई बॉलिंग करने के लिए आता है। यह जीवन का नियम है, इस वजह से लोग आपस में जुड़ते हैं।

'दूसरे पासवर्ड' को पूरी तरह से समझने के बाद जब आप इस रहस्य को जान जाएँगे, तब आपके रिश्ते सभी से अच्छे होने लगेंगे। वरना हमारी गलत धारणाओं, कल्पनाओं की वजह से हमें लगता है कि सामनेवाला मेरी तकलीफों का कारण है। जबकि वह जो कुछ कर रहा है प्रेम के कारण कर रहा है, वह आपका साझेदार है।

आइए, अगले अध्याय में यह समझते हैं कि आपका साझेदार आपके जीवन में क्या भूमिका निभाता है।

अध्याय-९

साझेदार से सीखें
अपना सबक

पहले पासवर्ड के साथ हमने समझा कि स्वयं के साथ रिश्ते को बेहतर बनाया। अब दूसरे पासवर्ड के ज़रिए यह समझें कि दूसरों के साथ हमारे रिश्ते किस तरह मधुर हों। दरअसल हमारी गलत मान्यताओं और कल्पनाओं की वजह से ही लोगों के साथ हमारे रिश्ते मधुर नहीं हो पाते। इसलिए सबसे पहले यह पक्का होना आवश्यक है कि जो इंसान आपके जीवन में नकारात्मक भूमिका निभा रहा है, वह आपका साझेदार (को-क्रिएटर) है।

अपने इस साझेदार से आपको कुछ लेना है, वह आपको कुछ देने (सिखाने) आया है। उसके पास कुछ ऐसी महत्वपूर्ण चीज़ है, जो आपको उससे हासिल करनी है। वह आपको जो सिखाना चाहता है, आप सीखने से इनकार कर रहे हैं। जब तक आप इनकार करते रहेंगे तब तक वह आपकी परेशानी का सबब बनता रहेगा। अतः इनकार करना बंद करें और इकरार करें। यह 'सीक्रेट' है, यह ऐसा राज़ है जिसे जानने के बाद आपने अपने जीवन में उतार लिया तो सामनेवाला इंसान बदल जाएगा और आपकी परेशानी भी खुद-ब-खुद खत्म हो जाएगी।

जब तक आप नहीं सीखते तब तक सामनेवाला आपके लिए परेशानी का माहौल क्रिएट करता रहेगा। असल में यह आपके लिए की गई कुदरत की एक व्यवस्था है। जैसे ही आप उस इंसान से अपना सबक सीखने के लिए तैयार हो जाएँगे, उसे अपने जीवन में स्वीकार कर लेंगे, वह बदल जाएगा। बस! आपके

जीवन में उसकी इतनी ही भूमिका थी! फिर आपके साथ भी उसका रिश्ता मधुर हो जाएगा।

लोगों के साथ आपका रिश्ता तब तक बेहतर नहीं बनता, जब तक आप उन्हें स्वीकार नहीं करते। वे जो कुछ आपको देना चाहते हैं, वह आप उनसे लेना नहीं चाहते। यही उनकी समस्या का कारण है। अगर कोई आपके लिए उपहार लेकर आया है और आप उससे अपना उपहार लेना नहीं चाहते, ऐसे में उस इंसान को आपके पीछे-पीछे घूमना पड़ता है। वह इंसान जो लक्ष्य लेकर पृथ्वी पर आया है, उसे पूरा करने के लिए हर संभव प्रयास करेगा। ऐसे में परेशानी तब होती है जब वह इंसान आप तक आपका उपहार पहुँचाकर मुक्त होना चाहता है, अपना पृथ्वी लक्ष्य पूरा करना चाहता और आप हैं कि उससे दूर भागते फिरते हैं।

आपके इकरार करते ही दृश्य बदल जाएगा। अर्थात उस इंसान में बदलाव आएगा और उसके साथ आपका रिश्ता भी मधुर होगा। इसलिए आप जल्द से जल्द अपने सबक सीख लें। इससे आपको भी चैन मिलेगा और उस इंसान का लक्ष्य भी पूरा हो जाएगा। इस तरह आप दोनों का लक्ष्य सफल होगा।

यदि आप अपने बीते जीवन पर गौर करेंगे तो पता चलेगा कि जाने-अनजाने में आपके जीवन में भी कई ऐसे लोग आएँ, जिनसे आपके रिश्ते पहले तो अच्छे नहीं थे लेकिन बाद में अच्छे हो गए। इनमें से कुछ लोग आपके जीवन से जा चुके हैं लेकिन वे आपको जीवन के महत्वपूर्ण पाठ सिखा गए। आपने देखा होगा कि जहाँ इकरार था, स्वीकार था वहाँ पर रिश्ते-नाते बेहतर हो चुके हैं। जहाँ आज भी आपको दिक्कतें महसूस हो रही हैं, वहाँ पर इनकार है और उसकी वजह आप हैं। दूसरा पासवर्ड आपको यही बात याद दिलाएगा, साथ ही यह भी बताएगा कि **सामनेवाले ने अपना वर्स्ट लाया है, आपका बेस्ट बाहर निकलवाने के लिए।**

अर्थात अगर सामनेवाला आपसे बुरे से बुरा व्यवहार करता है तो सिर्फ और सिर्फ आपके अंदर से अच्छे से अच्छा व्यवहार बाहर निकलवाने के लिए।

कितना बड़ा आश्चर्य है कि एक घटना में जहाँ पर आपको लगता है- 'अब बस! बहुत हो गया... मैं उसे नहीं छोड़ूँगा... मैं ऐसा कर दूँगा... वैसा कर दूँगा...।' वही घटना आपको निखारने के लिए मौका बनकर आती है। उस वक्त खुद को याद दिलाएँ- 'यह घटना मुझे निखारने के लिए आई है। अगर सामनेवाले ने अपने तरीके

से चाल चली है, अपने पत्ते खेले हैं तो मैं भी अपने प्रेम, आनंद और मौन के पत्ते खेलूँगा। सामनेवाला मुझे नायक बनाने के लिए खुद खलनायक बन रहा है। वह मेरी अच्छाई उभारने के लिए खुद बुरा बन रहा है।' वरना इंसान को मालूम ही नहीं होता कि उसके दिव्य गुणों को प्रकट करने के लिए कोई उसके लिए मौका बनकर आया है। जब खाइयाँ बड़ी और गहरी होती हैं तब ऊँचाइयाँ भी उतनी ही लंबी होती हैं।

आपने कक्षा में ब्लैक बोर्ड देखा होगा, जिस पर सफेद चॉक से लिखे गए अक्षर स्पष्टता से दिखाई देते हैं। अर्थात काला बैकग्राउंड सफेद को उठाने के लिए होता है। बुराई, अच्छाई को प्रकट करने के लिए मौका बनती है। अंधेरा उजाले को बाहर लाने के लिए आता है। असत्य सत्य को प्रकट करने का मौका होता है।

क्रिकेट के खेल में **अगर खिलाड़ी बार-बार बाऊंसर डाल रहा है तब वह घटना बल्लेबाज़ के लिए सिक्सर (छक्का) लगाने का मौका बनती है।** ठीक इसी तरह नकारात्मक घटनाओं के रूप में जीवन आपकी ओर बाऊंसर फेंकता है। अच्छा प्रतिसाद देखकर आपको उस बाऊंसर पर छक्का मारना है यानी स्वयं के गुणों को निखारना है।

जो खिलाड़ी क्रिकेट में महारत हासिल करना चाहता है, वह बाऊंसर देखकर घबरा नहीं जाता। खेल के मैदान में वह जख्मी भी होता है, उसे विरोधी खिलाड़ियों से गालियाँ भी मिलती हैं, फिर भी वह चौके-छक्के लगाने की ताक में रहता है। खेल में अपना बेहतरीन प्रदर्शन करने के लिए तत्पर रहता है। ठीक इसी तरह आपको भी अपने अंदर के दिव्य गुणों को निखारने के लिए तत्पर रहना है।

अध्याय-१०

****

हीरों की सुरक्षा करें कम-कम कहना कम करें

हमारे जीवन में जब कोई दुःखद घटना होती है या कोई इंसान बाधा उत्पन्न करता है तो हम शिकायत ही करते हैं कि 'फलाँ इंसान ऐसा ही करता है... उसकी वजह से मेरा जीवन नर्क बन गया है... वह जान-बूझकर मेरी राह में बाधाएँ उत्पन्न कर रहा है...' आदि। मगर इस तरह नकारात्मक सोचने की बजाय उस घटना या इंसान से अपना सबक सीखें। स्वयं को बताएँ कि वह इंसान या घटना मुझे निखारने के लिए आई है।

जीवन साँप-सीढ़ी का खेल है। जो इस खेल में निपुण हो गया, उसे हारने से डर नहीं लगता। जीवन में भी बहुत से साँप (कठिनाइयाँ, समस्याएँ) दिखाई देते हैं। कोई भी इंसान सीढ़ी तो आसानी से चढ़ जाता है मगर **जो इंसान साँप को भी सीढ़ी की तरह इस्तेमाल कर आगे बढ़ जाए, वही सफल कहलाता है, वही विजेता होता है।**

जीतनेवाला कभी भी अपने लक्ष्य को दृष्टि से ओझल नहीं होने देता। कितनी भी मुश्किलें क्यों न हों, वह न किसी से शिकायत करता है, न ही किसी पर इल्ज़ाम लगाता है बल्कि उसकी नज़र कामयाबी पर टिकी रहती है। वह आगे बढ़ता जाता है। हर बाधा पार करते-करते अपनी मंज़िल तक पहुँचता है। वरना कुछ लोग तो सिर्फ शिकवे-शिकायतों में ही उलझे रहते हैं।

ज़्यादातर लोग शिकायती स्वभाव के होते हैं, वे अकसर नाउम्मीदी में जीते हैं।

इस तरह के लोगों को आपने अपने आस-पास ज़रूर देखा होगा। यदि आप उनके जीवन को देखेंगे तो जानेंगे कि वे सुबह से लेकर रात तक कोई न कोई शिकायत लेकर ही बैठे हैं। सुबह नींद से उठते ही उनकी शिकायत शुरू हो जाती है- 'आज नींद कम हुई।' उनका पहला शब्द होता है 'कम'। ऐसे लोगों को जीवन में सब कुछ कम-कम ही नज़र आता है। वे कभी यह नहीं कहते कि काफी है, बहुत है, भरपूर है। उनके मुँह से ऐसे शब्द निकलते ही नहीं।

शिकायती स्वभाववाले लोगों के दिन की शुरुआत कुछ इस तरह की पंक्तियों से होती है, 'आज मेरी नींद कम हुई और काम करने के लिए समय कम मिला... दूधवाला दूध कम लाया... कामवाली बाई ने आज काम कम किया... लाइट बंद हो गई इस वजह से पानी कम गरम हुआ... पड़ोसी ने घर के सामने कचरा डाल दिया...' आदि। इंसान की सुबह से लेकर रात तक शिकायतें ही चलती रहती हैं। चाहे वे ऑफिस, दुकान, स्कूल, कॉलेज से संबंधित हो या फिर कुछ और। नकारात्मक होने के साथ-साथ ये लोग दूसरों में दोष भी ढूँढ़ते हैं। वे अपनी गलतियों का इल्जाम औरों पर लगाते हैं तथा अपनी समस्याओं के लिए दूसरों को ज़िम्मेदार ठहराते हैं।

इस तरह के नकारात्मक विचारों के कारण ही उनके जीवन में वैसी ही घटनाएँ आकर्षित होती हैं। इसलिए 'कम है' कहने के बजाय कुदरत को बताएँ कि जीवन में 'सब कुछ भरपूर है, मैं भरपूरता के पक्ष में हूँ। जितनी नींद मिली, उतनी ही ज़रूरी है' क्योंकि शरीर की ज़रूरतें रोज़ बदलती रहती हैं। शरीर को कभी कम नींद की ज़रूरत होती है तो कभी ज़्यादा की मगर जितनी भी मिलती है, काफी है।

यह रहस्य जानने और उसे आत्मसात करने के बाद आपके जीवन में आश्चर्यजनक बदलाव शुरू हो जाएँगे। आपके जीवन में खुशी, प्रेम, आनंद और मौन का आगमन होगा। आप एक दिन इस प्रकार जीकर देखेंगे तो आश्चर्य करेंगे कि ऐसा भी जीवन हो सकता है। फिर आप कहेंगे- 'हमें मालूम ही नहीं था। अब मालूम हुआ है तो इसी तरह जीना है। हीरे समान समझ मिली है, इसे सँभालना है।'

जिनके पास हीरे होते हैं, वे उनका मूल्य जानते हैं इसलिए हीरों की सुरक्षा के लिए वॉचमैन रखते हैं। कोई भिखारी कभी वॉचमैन नहीं रखता। अर्थात जिन्हें हीरे मिले हैं, दौलत मिली है, वे ही लोग सजग रहते हैं और यह कह पाते हैं कि 'अब

प्रेम, आनंद, मौन, खुशी, संतुष्टि, स्वास्थ्य, चुस्ती इन गुणरूपी हीरों के अनमोल खज़ाने की चोरी नहीं होने देंगे। होश के पहरेदार को रखेंगे। अब यह सजगता निरंतर बनी रहेगी क्योंकि मैं प्रेम, आनंद और मौन, स्वास्थ्य, संतुष्टि, चुस्ती के पक्ष में हूँ।' इन बातों को जब आप निरंतरता से दोहराते रहेंगे तब वे अंतर्मन तक पहुँच जाती हैं और हम शिकायत मुक्त जीवन जी पाते हैं।

अध्याय-११

****

सुखी जीवन के पासवर्ड की तीसरी पंक्ति

'तीसरे पासवर्ड' में आपको स्वयं से एक सवाल पूछना है, **'क्या यह वहम है, तथ्य है, सत्य है या तेजसत्य (दिव्य सत्य, डिवाइन ट्रुथ) है?' यही है सुखी जीवन के पासवर्ड की तीसरी पंक्ति।** सही सवाल में बहुत शक्ति होती है। जो लोग सही सवाल पूछते हैं, वे ज़िंदगी में आगे बढ़ते हैं। इतना ही नहीं वे दुःखी जीवन से मुक्ति भी प्राप्त करते हैं।

वहम, तथ्य, सत्य और तेजसत्य क्या है?

वहम, तथ्य और सत्य तीनों अलग हैं। वहम का अर्थ है भ्रम, जो दिखता सत्य जैसा है मगर होता नहीं है। उदाहरण के लिए पानी में लंबी मगर आधी लकड़ी डालो तो इंसान को वहम होता है कि वह टेढ़ी है परंतु होती नहीं है। अंधेरे में रस्सी भी साँप होने का वहम पैदा कर सकती है, खूँटी पर टंगा हुआ कोट भूत नजर आ सकता है।

तथ्य का अर्थ है 'फैक्टस्' । तथ्य सिद्ध करने के लिए आपके पास तर्क होते हैं, अनुभव होते हैं मगर फिर भी जरूरी नहीं कि हर तथ्य, सत्य ही हो। जिन्होंने विज्ञान नहीं पढ़ा, उन्हें धरती पर चलते-फिरते कभी लगेगा ही नहीं कि धरती गोल है। उनके पास तथ्य होंगे कि धरती सीधी व समतल है और वे भी सीधे खड़े हैं। इसके निचले एवं बाजू के हिस्सेवाले देशों जैसे भारत में भी लोग कहते हैं कि हम सीधे

खड़े हैं क्योंकि उनकी आँखों के सामने यही तथ्य है। उनका शरीर भी यही महसूस कर रहा है। फिर भी इसके विपरीत सत्य कुछ और है। वास्तव में गुरुत्वाकर्षण की शक्ति से धरती से उल्टा लटका इंसान, टेढ़ा खड़ा इंसान भी खुद को सीधा खड़ा हुआ ही मान रहा है।

जैसे सूरज के आगे बादल आने पर सूरज के अस्त होने का वहम होता है। रात को तो यह तथ्य ही बन जाता है कि सूरज अस्त हो गया है। जबकि सत्य यह है कि सूरज उदय या अस्त नहीं होता वह तो निरंतर एक सा ही है। हमारी स्थिति ही परिवर्तित होती रहती है, जिससे रात को हम उसे देख नहीं पाते। चाँद की कलाएँ भी अलग-अलग दिन बदल जाती हैं। कभी वह पूरा दिखता है, कभी आधा... मगर सत्य यही है कि वह जैसा है वैसा ही रहता है, न घटता है, न बढ़ता है।

इसी तरह इंसान का सबसे बड़ा वहम है कि शरीर मिटते ही उसकी मृत्यु हो जाती है। उसके लिए यही तथ्य भी है क्योंकि शरीर के मिटते ही तथाकथित मृतक लोग दिखने बंद हो जाते हैं। लेकिन सत्य यही है कि उनका जीवन सूक्ष्म शरीर के साथ बना रहता है और आगे की यात्रा जारी रखता है।

इन तीनों से ऊपर एक तेजसत्य है। तेजसत्य यह है कि जन्म और मृत्यु जैसी कोई चीज़ है ही नहीं। एक ही चेतना है जो अलग-अलग रूपों में चारों ओर प्रकाशित हो रही है और लीला कर रही है।

अत: जब भी कभी आपको दु:खी करनेवाला विचार आए तब आप सजग हो जाएँ और तीसरे पासवर्ड का उपयोग करते हुए तुरंत खुद से पूछें- 'कहीं यह मेरा वहम तो नहीं है, क्या एक विचार में इतनी ताकत है, जो मुझे दु:खी कर सकता है, दु:खी करने के पीछे इस विचार के कौन से तथ्य हैं, क्या यह सत्य है या तेजसत्य है?' इसी तरह के अन्य सवाल पूछकर सत्य को सामने लाएँ। जैसे- 'दु:ख क्या है, क्यों होता है, कहाँ से आता है, हम दु:खी और परेशान क्यों होते रहते हैं?'

यदि छोटी-छोटी घटनाओं में दु:ख की भावनाएँ उमड़ आती हैं तो इसका अर्थ ज़रूर हमारे अंदर कुछ मान्यताएँ, धोखा, अज्ञान, बेहोशी या कुछ और घुस आया है जो हमें दु:खी कर जाता है। इन प्रश्नों का हल ढूँढ़ने के लिए हमें खुद से सवाल करने होंगे, स्वयं से बात करने का तरीका सीखना होगा।

मान लें आपको विचार आएँ कि 'कहीं मैं गरीब तो नहीं हो जाऊँगा... कहीं

किसी ने मेरे अकाउंट से पैसे तो नहीं निकाले... कहीं बैंकवालों से कोई गलती तो नहीं हो जाएगी... वैसे भी आज-कल बहुत धोखेबाज़ी हो रही है...' वगैरह। ऐसे में सबसे पहले शांत हो जाएँ। अब खुद से सही सवाल पूछें- 'क्या यह मेरा वहम है, तथ्य है, सत्य है या तेजसत्य है?' सही सवाल पूछते ही आपका मनन शुरू हो जाएगा। आपको विचार आएगा- 'हो सकता है यह मेरा वहम हो, मैं बैंक जाकर पता लगाकर आता हूँ कि हकीकत क्या है? यूँ ही परेशान होते रहने में कोई हल नहीं निकलेगा और आगे से मैं खर्च करने में भी सावधानी बरतूँगा...।' इस प्रकार आप विचारों की बेवजह परेशानी से खुद को दूर रख सकते हैं।

आइए, अगले दो अध्यायों में इस पासवर्ड को विस्तार से समझकर, उसे अपने जीवन में उतारने का प्रण लेकर दुःख मुक्ति की ओर बढ़ते हैं।

अध्याय-१२

वहम के पीछे छिपे सत्य का खुलासा

कुछ संसार की और कुछ जीवन की घटनाएँ आपके सामने वहम पैदा करती हैं, जिन्हें मन सच मानकर दुःखी होने लगता है। सोचने लगता है कि 'अब मेरा क्या होगा... संसार में मंदी फैली है, मैं गरीब हो जाऊँगा... उम्र बढ़ रही है, अब तो बुढ़ापा आएगा और बीमारियाँ लाएगा... आज-कल तो बच्चे भी बुढ़ापे में साथ नहीं देते... महँगाई बढ़ती जा रही है, आगे चलकर गुज़ारा कैसे होगा... बच्चे कैसे बड़े होंगे, इतनी समस्याओं के बीच कैसे उन्हें संभाल कैसे पाऊँगा... हर साल गर्मी और सर्दी बढ़ती जा रही है, बारिश कम हो रही है, आगे कैसे जीएँगे... आजकल तो कैंसर जैसी बीमारी आम बन गई है, कहीं मुझे न हो जाए...' आदि।

अब भला इन सब विचारों के रहते कोई कैसे चैन से बैठ सकता है? ऐसे वहमों के तिलस्म (मायाजाल) के बीच इंसान जीते-जी भी पत्थर का बुत बना घूम रहा है। जो इंसान ऐसी वहम भरी बड़बड़ करनेवाले, तुलना करनेवाले मन पर सवालों का सही निशाना नहीं साध पाएगा, वह ज़िंदा पत्थर ही बना रहेगा। अतः आपको अपने ऐसे हर विचार की पूछताछ करनी है कि 'यह जो मुझे दिख रहा है, जिसके कारण दुःख, असुरक्षा, निराशा उत्पन्न हो रही है... क्या यह सत्य है या मेरे मन का वहम?'

आपको वहम का तिलस्म तोड़ना है यानी जिस वजह से वैसा दिख रहा है, उस वजह को तोड़ देना है। तुलना करनेवाले मन को सही सवाल के तीर से भेदकर, उसे सत्य का दर्शन कराना होगा। इसके लिए आपको स्वयं से बस इतना ही पूछना है,

'क्या यह वहम है, तथ्य है, सत्य है या तेजसत्य है?' यह सवाल पूछते ही आपको कुछ नए आयाम दिखाई देने लगेंगे। वहम के बीच जब सत्य प्रकट होगा तब आपको खुद-ब-खुद एक अजीब शांति महसूस होगी।

मानो, किसी की मेडिकल रिपोर्ट आनेवाली है तो उसकी कैसी हालत होगी? 'पता नहीं क्या आएगा? यह तो नहीं हो गया होगा, वह तो नहीं हो गया होगा?' ऐसे में 'क्या यह वहम है, तथ्य है, सत्य है या तेजसत्य है?' यह सवाल पूछकर आप रिपोर्ट देखने से पहले ही खुद को शांत कर पाएँ। क्योंकि रिपोर्ट कोई भी आए, अगर आपके विचार स्वस्थ हैं, सुंदर हैं तो कोई भी रिपोर्ट आपको दुःख नहीं दे सकती।

क्या वाकई आज बहुत ठंड है?

कोई सोचेगा- 'आज बहुत ठंड है' तो उसके लिए ठंड होना भी दुःख है। ऐसे में पूछना चाहिए 'क्या यह वहम है?' वह बोलेगा कि 'इतनी ठंड महसूस हो रही है तो वहम कैसे हो सकता है।' मगर फिर भी खुद से पूछना चाहिए 'क्या यह तथ्य है?' जवाब होगा - 'हाँ, क्योंकि स्वेटर पहन रहे हैं।' मगर 'क्या यह सत्य है?' असल में यह सत्य नहीं है।

इंसान कहेगा, 'कैसे सत्य नहीं है? इतनी ठंड लग रही है, इसे कैसे नकार दें?'

ज़रूरी नहीं अगर एक इंसान को ठंड लग रही हो तो वाकई ठंड है। गरम जगह पर रहनेवाले के लिए १५ डिग्री तापमान पर भी ठंड हो सकती है और किसी बर्फीले ठंडे प्रदेश में रहनेवाले के लिए हो सकता है शून्य डिग्री तापमान से नीचे भी ठंड न हो क्योंकि उसके शरीर के लिए यह सामान्य तापमान है।

लोग सापेक्षता (रिलेटीवीटी) के हिसाब से तथ्य कहते हैं। यदि आज ठंड है तो आपका शरीर आज मंद है। शरीर जैसा है, उसके अनुसार ठंड महसूस होती है। किसी इंसान को बोरियतभरा काम करने दे दिया जाए तो उसके लिए समय कितना बड़ा हो जाएगा कि 'अभी तो एक मिनट हुआ है... अभी सिर्फ दस ही मिनट हुए हैं...' और उसी इंसान को पसंदीदा स्टार की फिल्म देखने बिठा दिया जाए तो उसे तीन घंटे तक पता नहीं चलेगा कि समय कैसे बीत गया। अर्थात समय का कम या ज़्यादा होना, ये दोनों बातें वहम ही हैं। सच्चाई यह है कि समय न कम है, न ज़्यादा... बस है।

क्या वाकई सामनेवाला मुझसे नफरत करता है?

इसी तरह इंसान रिश्तों में भी वहम का शिकार होता है। किसी घटना में हम झट से मान लेते हैं– 'सामनेवाला मुझसे नफरत करता है, मेरा खयाल नहीं रखता, वह बुरा है।' मगर यह सच न होकर, आपका वहम हो सकता है। सामनेवाले के लिए हम जितनी बातें सोचते हैं, वे सब वहम ही होती हैं। जब तक आप उससे बातचीत नहीं करते तब तक आपका वहम नहीं टूटता। जब भी 'शायद' आए तो जान लें कि यह वहम है, हकीकत नहीं। सही सवाल द्वारा खुद से पूछ लें कि 'तथ्य क्या इशारा कर रहे हैं? यह बात कितनी सत्य है' या 'क्या यह तेजसत्य है?' आपको आपका जवाब मिल जाएगा।

क्या वाकई लोग बुरे हैं?

यह विचार कि 'लोग बुरे हैं', आपके जीवन में बुरे लोगों को आकर्षित कर सकता है क्योंकि जैसे विचार होंगे, वैसे ही फल आएँगे। तो क्या यह आपका वहम है? 'हाँ', आपको वैसा दिख रहा है। आपके पास कई तथ्य भी हैं। सत्य कहता है– **लोग बुरे नहीं हैं बल्कि वे अपनी वृत्तियों से मजबूर हैं। उनकी वृत्तियाँ उन्हें बुरा करने और बनने पर विवश करती हैं।**

इंसान के अंदर जब नकारात्मक भावना जागृत होती है तब उसे पता नहीं चलता कि 'यह क्या हो रहा है।' ऐसे में वह दूसरों को डाँटता-फटकारता है, गुस्से से बड़बड़ाता है। असल में वह दूसरों को डाँटकर, लड़-झगड़कर खाली होना चाहता है। हमारे आस-पास ऐसे कई उदाहरण मौजूद हैं। जैसे एक सास है, जो अपनी बहू पर चिल्ला रही है। एक बॉस है जो अपने कर्मचारी को डाँट रहा है। घर का मालिक है जो अपने नौकरों पर बरस रहा है। उनमें तीव्र भावना जागी है, वे इतने भर गए हैं कि दूसरों पर चिल्लाकर खाली होना चाहते हैं।

एक बच्चा किसी दिन जब स्कूल से घर आता है तो कभी-कभार अपनी स्कूल बैग, पानी की बोतल, जूते वगैरह उतारकर फेंकता है, गुस्से से पैर पटकता है। हो सकता है, टीचर ने किसी कारण बच्चे की पिटाई कर दी हो या उसका अपने दोस्तों से झगड़ा हो गया हो। ऐसे में माँ समझ जाती है कि बच्चा बहुत तनाव में है। वह जानती है कि अगर बच्चे की क्रोधभरी हरकतें देखकर वह उसे डाँटेगी तो बात और बिगड़ जाएगी इसलिए माँ समझदारी से काम लेती है। वह उसे कुछ देर अकेला

छोड़ देती है, उसे बड़बड़ करने देती है ताकि उसके अंदर जो तनाव आया है, वह बोलकर, चिल्लाकर खाली हो जाए।

जो माँ-बाप बच्चों के लिए सही तरीके से उपस्थित होते हैं, उनके बच्चे शैतानी करना छोड़ देते हैं। जिन माँ-बाप को यह मालूम नहीं है, उनके बच्चे हमेशा शैतानी करते रहते हैं क्योंकि बच्चे अपना तनाव निकालना चाहते हैं। यदि उनके अंदर कोई नकारात्मक भावना जगी है तो वे उससे खाली होना चाहते हैं, वे अपनी परेशानी से मज़बूर हैं। माता-पिता को अगर यह बात मालूम है तो वे बच्चों को खाली होने देते हैं, खाली होने में उनकी मदद भी करते हैं क्योंकि इंसान बोल-बोलकर भी खाली हो पाता है।

जब कोई इंसान बहुत गुस्से में है और वह आपसे कहता है कि 'तुम मुझसे आज के बाद, बिलकुल बात मत करना।' तब आप उसके शब्दों पर बिलकुल ध्यान न दें बल्कि उसकी बातें, उसका चीखना-चिल्लाना बिना किसी रोक-टोक के पूरा सुन लें। जब वह बोलकर खाली हो जाए तब वह आपसे खुद ही आकर कहेगा, 'तुम ही मेरे सच्चे मित्र हो।' आप सोचेंगे कि यह कैसा कमाल हो गया, कुछ देर पहले तो कह रहा था कि मुझसे बिलकुल बात मत करो, अभी बोल रहा है तुम मेरे सच्चे मित्र हो। यह परिवर्तन इसलिए हुआ क्योंकि आपको पता है कि आपका मित्र कैसा है, उसका कौन सा हिस्सा सही है, जब वह क्रोध में था या जब वह शांत है। आपको मालूम है कि वह अपनी वृत्तियों से मज़बूर है। उसकी वृत्तियाँ, उसकी भावनाओं को तीव्रता से जगाती हैं और वह क्रोधवश उत्तेजित हो जाता है।

तात्पर्य- 'लोग बुरे हैं', यह तथ्य नहीं है। तथ्यों के पीछे छिपे सत्य को देखें। सत्य कहता है- **'लोग बुरे नहीं, मजबूर हैं। उनकी वृत्तियाँ इतनी गहरी हैं कि उनसे गलत कार्य करवाती हैं।'** उनकी तकलीफ सुनकर, आप उन्हें उनकी नकारात्मक भावनाओं से छुटकारा दिलवाएँ। यह आपकी तरफ से बहुत बड़ी सेवा होगी।

बुराई निमित्त है

बुराई की वजह से अच्छाई उभरकर आती है। बुराई की वजह से ही अच्छाई के महत्त्व का पता चलता है। संसार में बेईमानी की वजह से ईमानदारी का महत्त्व बढ़ता है, उसकी कद्र होती है। बुराई नहीं होती थी तो अच्छाई की कोई कीमत नहीं रहती। बेसुरे लोग नहीं होते तो सुरीले लोगों का महत्त्व नहीं होता। बेसुरे लोग हैं इसलिए सुरीले लोगों की कद्र की जाती है। सभी की आवाज़ सुरीली हो जाए तो

कोई भी किसी को सुनना नहीं चाहेगा। बुराई की यह एक अच्छाई है, यह उसकी विशेषता है।

बुराई, अच्छाई को उठाती है इसलिए बुराई, बुराई नहीं रही, वह तो अच्छी हो गई, यह तेजसत्य है। दाग अच्छे हैं क्योंकि वे साफ होने में मदद कर रहे हैं। बुरे लोगों के अंदर जो अच्छाई है, वही अच्छाई आपको देखनी है। इस तरह आपका लोगों के प्रति दृष्टिकोण बदल जाएगा। उनके प्रति आपके अंदर पनपनेवाले नफरत के विचार खत्म हो जाएँगे। हालाँकि लोग मजबूर हैं लेकिन आप इस ज्ञान की वजह से मजबूरी से बाहर आ रहे हैं। क्योंकि आपको इससे बाहर आने का 'पासवर्ड' मिला है।

अब यदि किसी को विचार आता है कि 'आज-कल के बच्चे बहुत शैतान हैं' तो जवाब आएगा- 'हाँ, दिखते तो हैं कि वे कितनी शरारतें करते हैं मगर सत्य यह है कि 'आज-कल के बच्चे भगवान बालकृष्ण की नकल ज़्यादा कर रहे हैं' और तेजसत्य है- 'बच्चे तो भगवान हैं।' पहले के युग में भी और आज भी बच्चे अपने केंद्र पर शांति से उपस्थित हैं, बच्चे शुद्ध हैं। यह तो उम्र के साथ शरीर पर मान्यताओं और वहमों की धूल लगनी शुरू हो जाती है। जैसे-जैसे आपकी जीवन यात्रा चलती है, धूल आनी शुरू हो जाती है। इसलिए ज़रूरी है कि सही समय पर सही सवाल पूछकर हम अपने ऊपर की धूल को हटाते जाएँ।

इस अध्याय में कुछ उदाहरण दिए गए, अब आपको अपने जीवन के वहमों को टटोलना है और उन्हें तीसरे पासवर्ड की कसौटी पर उतारना है। फिर आप देख पाएँगे कि आप आज तक जो मानकर चलते आए, उन बातों में कितना दम था।

अध्याय-१३

जीवन का नियम है वहम और तेजसत्य

किसी को विचार आया कि 'व्यापार में मंदी चल रही है।' कुछ लोगों के लिए मंदी का विचार वहम हो सकता है। कुछ लोगों को व्यापार में मंदी होने के तथ्य मिलते हैं तब लगता है कि 'हाँ! शायद ऐसा ही हो क्योंकि मंदी दिख रही है। लोगों का बिजनेस कम हो रहा है, बिक्री कम हो रही है, यह तथ्य दिख रहा है।' मगर सत्य क्या है- 'यह मंदी नहीं बल्कि बुलंदी की तैयारी है क्योंकि जब-जब मंदी आई है, संसार ने नई बुलंदियों को छुआ है। इसके पीछे छिपा तेजसत्य है- कुदरत कुछ समय के लिए कार्यों के बीच में आकर विराम (पॉज) लगाती है। अर्थात संसार में कुछ ऐसी घटनाओं का निर्माण होता है, जिनकी वजह से मंदी आती है। उसके बाद समस्या से बाहर आने के लिए कुछ लोग कुछ नया क्रिएटिव सोचते हैं। कुछ सकारात्मक पहल होती है, नया निर्माण होता है, नए रास्ते निकलते हैं जिससे वापस बुलंदियाँ आती हैं। इसी तरह संसार की विकास यात्रा चल रही है।

एक दुकानदार सोचता है कि 'आस-पास के क्षेत्र में हमारी ही दुकान चलनी चाहिए। हर किसी को हमारी ही दुकान से सामान खरीदना चाहिए।' इस तरह वह दुकानदार अथवा व्यापारी अपने क्षेत्र में अपना एकाधिकार स्थापित करना चाहता है। जब लोगों की ऐसी सोच होती है कि 'यहाँ पर हमारा ही अधिकार होना चाहिए' तब अर्थव्यवस्था गड़बड़ा जाती है। जब कभी ऐसी सोच व्यापक रूप ले लेती है तब कुदरत को बीच में हस्तक्षेप करना पड़ता है कि 'अब यह प्रणाली बदलनी चाहिए।'

किसी समय पर कुदरत चाहती है कि कुछ चीज़ों का नवीनीकरण हो, कुछ नव निर्माण हो। इसके लिए वह संकेत देती है कि इंसान को अपने कार्यों पर पुनर्विचार करना चाहिए। नई सोच से नए कार्य करने के लिए इंसान को लचीला बनना पड़ेगा। पुराने, घिसे-पिटे तरीकों को छोड़कर नए को अपनाना होगा। आज समय के अनुसार बदलने हेतु इंसान को जीने के, ध्यान करने के, क्षमा माँगने के नए तरीके सीखने और समझने होंगे। रिश्तों में प्रेम और मधुरता लाने के लिए नया प्रतिसाद सीखना होगा।

जब इंसान नया कुछ सीख नहीं पाता तब मंदी आती है, जो आपको सोचने पर मज़बूर करती है। इसका अर्थ यह नहीं है कि कुदरत आपसे नफरत करती है। पृथ्वी पर जो भी घटनाएँ हो रही हैं वे आपको जगाने, झिंझोड़ने के लिए आती हैं। यह आपके प्रति कुदरत का प्रेम है।

अतः समझ यह हो कि जीवन में जब भी कुछ परिवर्तन आते हैं तो हमें अपने पुराने ढर्रे से बाहर निकालने के लिए आते हैं। इस तेजसत्य को समझकर हमें उससे बाहर आना है। सही सवाल पूछकर और सूक्ष्म मनन करके इंसान वहम के पीछे छिपे तेजसत्य को समझ पाता है और वहम के विचार से मुक्त हो जाता है, दुःखी जीवन से मुक्ति पाता है।

यहाँ पर उदाहरण के तौर पर कुछ ऐसे वहम दिए जा रहे हैं, जो अकसर सभी लोगों को परेशान करते हैं। आपको उनके पीछे छिपा तेजसत्य खोजकर, अपना ध्यान उसी पर केंद्रित करना है।

तथ्य : *मुझे हर दिन घर की साफ-सफाई करनी पड़ती है।*

वहम : चारों तरफ फैली कितनी गंदगी है।

सत्य : अंदर की गंदगी (मन के मैल) साफ करने के लिए मुझे मिली जिंदगी है।

तेजसत्य : अंदर की गंदगी साफ करते-करते, करनी मुझे केवल बंदगी है।

■ ■ ■

तथ्य : *सामनेवाले ने मुझे देखकर मुँह फेर लिया।*

वहम : मैं गुस्सैल नहीं हूँ, लोग जान-बूझकर मुझे गुस्सा हैं दिलाते।

सत्य : गुस्से पर मनन करवाकर लोग मेरी सहनशक्ति और धैर्य को है बढ़ाते।

तेजसत्य	:	ईश्वर मेरे प्रेम में, मेरे गुणों को उभारने हेतु ऐसे किरदार हैं निभाते।

■ ■ ■

तथ्य	:	*मेरे काम नहीं हो रहे हैं, मुझे कोई पार्टी में आमंत्रित नहीं करता।*
वहम	:	मन कहता है, मैं उदास हूँ।
सत्य	:	उदासी पर ध्यान कर पाया, मैं ईश्वर का दास हूँ।
तेजसत्य	:	सत्य तो यह है कि मैं अपने होने का एहसास (स्वअनुभव) हूँ।

■ ■ ■

तथ्य	:	*मुझे नौकरी से निकाल दिया गया।*
वहम	:	मैं बहुत दुःखी हूँ।
सत्य	:	फिर भी मैं अनेकों से सुखी हूँ और एक मुखी (एक सेल्फ की ओर देखनेवाला) हूँ।
तेजसत्य	:	मैं भी वही (स्वअनुभव) हूँ।

■ ■ ■

तथ्य	:	*मेरे सहकर्मी ने मेरे साथ धोखा किया।*
वहम	:	कर रहे हैं सब मुझे तंग।
सत्य	:	मौका आया है करने का मेरा हौसला बुलंद।
तेजसत्य	:	करनी है रब की अभिव्यक्ति क्योंकि मैं हूँ उसी का अंग (शरीर, माध्यम)।

■ ■ ■

तथ्य	:	*मेरा बेटा मेरी वजह से डॉक्टर बन गया।*
वहम	:	संसार में सब कुछ इंसानों ने बनाया।
सत्य	:	लेकिन इंसान को ईश्वर ने बनाया।

तेजसत्य : वास्तव में ईश्वर ही इंसान बनकर आया।
ईश्वर ने ही डॉक्टर बनाया।

■ ■ ■

तथ्य : *मेरे घर में चोरी हो गई।*

वहम : ये दुनिया बहुत बुरी है, सब हैं बेईमान।

सत्य : समय आ गया है खोजने का अपना ईमान।

तेजसत्य : अपना आइना (शरीर) साफकर, अपनी खबर जान।

■ ■ ■

तथ्य : *मेरे घुटनों में दर्द है।*

वहम : मैं बीमार हूँ।

सत्य : यह शरीर के द्वारा मिला फीडबैक है।

तेजसत्य : जो हकीकत में 'मैं' है, वह बीमारी से कोसों दूर है।

■ ■ ■

अध्याय-१४

सुखी जीवन के पासवर्ड की चौथी पंक्ति

एक इंसान प्रतिदिन ईश्वर से प्रार्थना किया करता था कि 'मेरी लॉटरी लग जाए ताकि मेरी आर्थिक समस्याएँ सुलझ जाएँ और पैसों की तंगी से उत्पन्न मेरा दुःख समाप्त हो जाए।'

प्रतिदिन ईश्वर से प्रार्थना करके भी कोई फल न आने के कारण हताश होकर उसने ईश्वर से कहा, 'हे ईश्वर! आखिर तुम मेरी प्रार्थना क्यों नहीं सुनते?'

उसी समय आकाशवाणी हुई कि 'पहले लॉटरी का टिकट तो खरीद।'

हर दिन प्रार्थना करने पर भी उस इंसान को यह बात पकड़ में नहीं आई थी कि उसने अभी तक लॉटरी का टिकट ही नहीं खरीदा है।

जैसे ही आकाशवाणी हुई, वह भागता हुआ गया और तुरंत उसने लॉटरी का एक टिकट खरीदा। लॉटरी के परिणाम की तारीख आई और चली भी गई मगर उसकी लॉटरी नहीं लगी।

वह फिर परेशान हुआ और उसने ईश्वर से पूछा, 'अब मेरी लॉटरी क्यों नहीं लगी?'

उसके सवाल पूछने पर उसे आवाज़ सुनाई दी कि 'घर से बाहर तो निकल।'

आवाज़ सुनते ही वह घर से बाहर निकला तो उसे रास्ते पर टिफिन दिखाई दिया। उसने वह टिफिन खोलकर देखा तो उसमें एक दीया, कपास, तेल, माचिस और लॉटरी का एक टिकट भी था। ये सभी चीज़ें देखकर वह बड़ा खुश हुआ।

उसने सोचा कि 'अब ईश्वर ने खुद लॉटरी का टिकट भेजा है तो मेरी लॉटरी ज़रूर लगेगी।' मगर हमेशा की तरह वह तारीख भी आकर चली गई, उसकी लॉटरी नहीं लगी। वह बड़ा दुःखी हुआ। परेशान होकर उसने ईश्वर से गुहार लगाई, 'आखिर मेरी लॉटरी क्यों नहीं लगती?'

फिर आकाशवाणी हुई, 'पहले दीया तो जला।' आकाशवाणी सुनकर उसने दीया जलाने के लिए दीए में तेल डाला, बाती बनाई और फिर माचिस की तीली जलाने के लिए माचिस की डिब्बी खोली तो उसमें से एक हीरा निकला। हीरा पाकर वह अत्यंत खुश हुआ। वह सोच रहा था कि उसकी समस्या लॉटरी का टिकट लगने से ही सुलझेगी मगर ईश्वर ने उसकी प्रार्थना किसी अलग और अनोखे तरीके से पूरी की।

यह कहानी सुनकर अब आपको समझ में आया होगा कि ईश्वर आपकी उन्नति किसी और माध्यम से करना चाहता है। अतः सबसे पहले घटना पर दुःखी होना बंद कर दें। हो सकता है, कुछ दिनों बाद कंपनी में आपको कोई विशेष पद बहाल किया जाए या किसी अन्य कंपनी में किसी ऊँचे ओहदे पर नियुक्त किया जाए या फिर आपके द्वारा कोई निजी व्यवसाय शुरू किया जाए। आपकी उन्नति के कई मार्ग हैं, एक ही मार्ग नहीं है।

जैसे, जब इंसान ईश्वर से अपनी उन्नति के लिए प्रार्थना करता है और देखता है कि प्रमोशन की सूची में उसका नाम नहीं है तो वह दुःखी हो जाता है। 'मेरे साथ ही ऐसा क्यों हुआ? आखिर कब तक मैं यूँ ही परेशानी से भरा जीवन जीता रहूँगा?' इन विचारों से वह बहुत परेशान हो जाता है।

यदि उसे यह बताया जाए कि जो कुछ हो रहा है, वह तुम्हारी प्रार्थना का ही फल है तो वह मानेगा नहीं।

वह कहेगा, 'मैंने तो ईश्वर से अपनी उन्नति के लिए प्रार्थना की थी, जब कि

मेरी तो अवनति ही हुई है। मेरी इतनी मेहनत, लगन और ईमानदारी से काम करने का ईश्वर ने मुझे क्या फल दिया? मेरे साथ तो धोखा ही हुआ और आप कह रहे हैं कि जो कुछ भी हुआ है, वह मेरी प्रार्थना का फल है! इसका अर्थ क्या मैंने ईश्वर से गलत प्रार्थना की थी?'

आपने प्रार्थना तो बिलकुल सही की थी मगर ईश्वर आपकी प्रार्थना अपने तरीके से पूर्ण करेगा। आपने अपनी उन्नति के लिए प्रार्थना की है तो यह ज़रूरी नहीं कि वह आपके प्रमोशन के ज़रिए ही हो। हो सकता है प्रमोशन का न होना आपकी उन्नति की सीढ़ी हो।

अकसर इंसान से यह गलती हो जाती है कि वह ईश्वर से प्रार्थना करता है और ईश्वर को ही अपनी प्रार्थना पूर्ति का रास्ता बताता है कि 'इस-इस तरीके से मेरी फलाँ-फलाँ समस्या सुलझा दो।' जब कि यह कहानी इस बात की ओर संकेत करती है कि आपको ईश्वर को दुःख मुक्ति का रास्ता नहीं बताना है, सिर्फ दुःख से मुक्त होने की प्रार्थना करनी है। फिर ईश्वर चाहे किसी भी योग्य तरीके से, जो आपके लिए बना है, आपका दुःख दूर करे क्योंकि **दुःख मुक्ति के लिए ईश्वर का रास्ता ही सर्वोत्तम है, परिपूर्ण है। यह है सुखी जीवन के पासवर्ड की चौथी पंक्ति।**

जब इंसान अपने जीवन में ज्ञान रूपी खुशी का दीया जलाता है तब उसे न सिर्फ हीरा बल्कि पारस भी मिलता है। पारस रूपी ज्ञान पाकर इंसान आगे आनेवाले दुःखों से भी मुक्त हो सकता है।

अध्याय-१५

सुखी जीवन के पासवर्ड की पाँचवीं पंक्ति

आज के इस स्पर्धात्मक युग में हर इंसान तनाव में रहता है और किसी न किसी परेशानी से ग्रस्त होकर दुःखी जीवन जी रहा है। क्या ऐसा संभव है कि इंसान अपने दुःख से बाहर आकर आनंदित जीवन जी सके?

आज तक लोगों ने दुःख की घटना को या समस्या को दुःख की नज़र से ही देखा है। इंसान को जब समस्या आती है तब पहले वह दुःखी होता है, फिर दुःख की नज़र से समस्या को देखता है। यह व्यवहार सभी को तार्किक लगता है। लेकिन दुःखी इंसान केवल दुःख ही निर्माण कर सकता है। इसलिए किसी भी दुःखद घटना को पहले तो दुःख की नज़र से देखना बंद करें और खुश हो जाएँ। **समस्या आए तो पहले खुश हो जाएँ, फिर उसे सुलझाएँ। यह है सुखी जीवन के पासवर्ड की पाँचवीं पंक्ति।** यह तर्क में चाहे न बैठे मगर यही सत्य है। आपको पहले अपने दुःख और समस्याओं को खुशी की नज़र से देखना होगा, फिर उससे बाहर आना आपके लिए सरल होगा।

जब भी जीवन में कुछ समस्याएँ आती हैं तो ये छोटी-छोटी समस्याएँ भी हमारा हृदय (हमें) बंद करके, दुःख लाती हैं। उस दुःख से बाहर निकलने के लिए समस्या को खुशी की नज़र से देखना शुरू करें। जब आप यह कला सीख जाएँगे तब आपको एक मुक्ति महसूस होगी।

किसी के मन में सवाल आए कि समस्या को खुशी की नज़र से देखने के लिए

कहा गया है तो फिर क्या हम समस्या को सुलझाने का प्रयास करें या नहीं? बच्चा पढ़ नहीं रहा है, बॉस प्रमोशन नहीं दे रहा है, तबीयत ठीक नहीं हो रही है तो क्या उसे सुधारें नहीं? उसे ज़रूर सुधारें मगर दोनों हाथ खोलकर सुधारें। जब हम दुःखी होते हैं तो हम कैसे काम करते हैं? समस्या को कैसे सुलझाते हैं? हम समस्या को ऐसे सुलझाते हैं जैसे कि हमने अपना एक हाथ पीछे बाँध दिया है और एक ही हाथ से वह समस्या सुधार रहे हैं। यह तो मूर्खता है, जबकि सामान्य बुद्धि (कॉमन सेन्स) कहती है- जब समस्या आए तब दोनों हाथ खोलकर समस्या का समाधान करें, यह ज़्यादा आसान होगा। अतः उस समस्या को ज़रूर सुधारें, बच्चों पर काम ज़रूर करें मगर पहले उसे खुशी की नज़र से देखें। और फिर उस समस्या को सुलझाने के लिए जो कर सकते हैं, वह करें।

समस्या को खुशी की नज़र से देखने के बाद जो समस्या का मुकाबला होता है वह ज़ोरदार होता है, बहुत आसान होता है। ऐसा करने से आपको स्वयं ही आश्चर्य महसूस होनेवाले हैं। यदि पहला कदम ही सही नहीं उठाया तो आगे के सब कदम गलत ही होते हैं इसलिए पहले दुःखद घटना या समस्या को खुशी की नज़र से देखने की कला सीखें, फिर उसे सुधारने का कार्य करें।

यह हमेशा याद रहे कि हर हाल में, हर परिस्थिति में हमें खुश रहना चाहिए क्योंकि **खुशी हमारा मूल स्वभाव है, स्रोत है।** जैसे पानी का स्वभाव है गीला रहना, उसी तरह सेल्फ, सत्य, ईश्वर, अनुभव, जो हम सबके अंदर है, उसका स्वभाव है प्रेम, खुशी और आनंद में रहना। हम हकीकत को भूलकर अपनी मान्यकथा में खोकर दुःख मनाते हैं, जो केवल झूठ है, स्वविस्मरण है।

इंसान दुःख में खुश इसलिए नहीं रह पाता क्योंकि उसका मन पहले हर बात को अपनी तराजू में परख लेना चाहता है। मन सोचता है, 'पहले मैं ये देख लूँ... पहले मैं ये जान लूँ... पहले मैं यह पा लूँ... पहले मेरी समस्या सुलझ जाए... पहले मैं यह पक्का कर लूँ कि जो बताया जा रहा है वाकई वह सच है, फिर ही मैं नए ढंग से जीऊँगा।' मन की इस आदत के कारण इंसान खुश होने के लिए इंतज़ार ही करता रहता है। जो लोग इंतज़ार न करते हुए तुरंत खुश रहना शुरू करते हैं, उन्हें परिणाम दिखाई देता है, उन्हें सकारात्मक सबूत मिलते हैं और खुश रहना उनके जीवन का अंग बन जाता है।

अध्याय-१६

सुखी जीवन के पासवर्ड की छठवीं पंक्ति

इंसान को हर घटना में खुश रहने के लिए कहा जाए तो उसे बहुत मुश्किल लगता है। वह देखता है कि घर में, ऑफिस में, रिश्तों में कुछ ऐसी नकारात्मक घटनाएँ होती हैं जो उसे दुःखी करती हैं। वह सोचता है, 'कैसे कोई हर घटना में खुश रह सकता है? यह कहना बहुत आसान है परंतु करना उतना ही कठिन है।'

इंसान यदि चाहे तो सभी घटनाओं में खुश रह सकता है क्योंकि वह खुद ही खुशी है। इंसान हर समय खुश रहना तो चाहता है परंतु घटनाओं में उलझकर दुःखी होता है। हर घटना में खुश रहने के लिए एक पंक्ति आपके जीवन में अहम भूमिका अदा करेगी। जिसके उपयोग से आप रोज़मर्रा की छोटी-छोटी घटनाओं में दुःखी नहीं होंगे। वह पंक्ति है, के.बी.एन. (KBN) यानी 'कोई बात नहीं'। यह है सुखी जीवन के पासवर्ड की छठवीं पंक्ति। सुनने में ये मात्र तीन सादे अक्षर प्रतीत होते हैं लेकिन समझ के साथ इनका प्रयोग किया जाए तो ये सादे अक्षर ही बहुत शक्तिशाली सिद्ध हो सकते हैं। समझने के लिए आप इसे 'केबिन' कह सकते हैं। इस पंक्ति के उपयोग से आप हर नकारात्मक परिस्थिति को स्वीकार कर पाएँगे और उसमें दुःखी भी नहीं होंगे। किसी भी दुःखद घटना को आपने यदि स्वीकार किया, इसका अर्थ आपने उसे 'केबिन' में रखा। उस स्थिति में आपने 'कोई बात नहीं' पंक्ति का इस्तेमाल किया है।

अपने जीवन में इस पंक्ति का इस्तेमाल किस तरह करना है इसे उदाहरण से समझते हैं।

जैसे कोई आपको देखकर मुँह टेढ़ा करके चला जाए तो आपको थोड़ा दुःख होता है लेकिन अब ऐसी स्थिति में 'कोई बात नहीं' कहते ही आपको दुःख नहीं होगा या कम होगा। आप सामनेवाले के इस बरताव को स्वीकार कर पाएँगे।

यदि आपको किसी इंसान का प्रतिसाद पसंद न आए और आप सोचने लग जाएँ कि 'उसने ऐसा गलत प्रतिसाद क्यों दिया... मेरे साथ ऐसा व्यवहार क्यों किया... अब आगे मैं इसे देखूँगा...' तो ऐसी स्थिति में 'कोई बात नहीं' कहते ही एक नया दृष्टिकोण, एक स्वीकृत वातावरण तैयार होगा और मन की उलझन सुलझने लगेगी।

KBN (केबिन) का एक और अर्थ है 'किनारा ब्रोकन' यानी
किनारे बिना, अर्थात किनारा तोड़ दिया।
जब हम दुःख को अस्वीकार करके किनारा देते हैं तब
दुःख की नदी गहरी बनती है और दुःख को स्वीकार करके,
कोई बात नहीं कहकर
यही किनारा तोड़ दिया जाए तो दुःख विलीन हो जाता है।

इसे इस तरह समझें, जैसे किसी भी समस्या में यदि हमने दुःख को स्वीकार नहीं किया तो हमने दुःख को किनारा दे दिया, उसकी नदी बना दी। लेकिन जब उसे स्वीकार करके 'केबिन' में रख दिया तो दुःख का किनारा टूट जाता है और दुःख किनारा न पाकर विलीन हो जाता है।

समस्या को 'केबिन' में रखने से ही उसका समाधान मिलता है। बड़े-बड़े वैज्ञानिक, जिन्होंने महान आविष्कार किए, जब उन्हें किसी समस्या का हल नहीं मिलता था तब वे उस समस्या को अपने मस्तिष्क की केबिन में रख दिया करते थे। फिर अचानक किसी दिन नहाते समय बाथटब में या सपने में उन्हें उस समस्या का समाधान मिल जाता था तब उन्हें युरेका इफेक्ट होता था। अतः 'केबिन' में रखने से भी समस्या का हल मिलता है। 'कोई बात नहीं', कहते ही उस समस्या पर नए ढंग से काम शुरू होता है। मस्तिष्क समस्या के हल पर लगातार काम करता रहता है। अस्वीकार करते ही मस्तिष्क अपना काम बंद कर देता है।

'कोई बात नहीं' इस पंक्ति से आप रोज़मर्रा के जीवन में होनेवाली छोटी-छोटी घटनाओं में तो दुःखी नहीं होंगे। परंतु कोई बड़ी घटना होने पर आपको 'कोई बात नहीं' इस पंक्ति के इस्तेमाल के साथ-साथ आई हुई परिस्थिति का समाधान ढूँढ़ने का प्रयत्न भी करना चाहिए। 'कोई बात नहीं' कहने भर से आप उस परिस्थिति को स्वीकार कर पाएँगे तथा मन की इस स्थिर अवस्था में किसी का नकारात्मक व्यवहार देखकर अंदर उत्पन्न हुआ प्रतिरोध पिघल जाएगा और समस्या का समाधान मिलना आसान हो जाएगा। आज के बाद जब कोई आपसे पूछे कि 'तुम्हारी फलाँ समस्या का क्या हुआ?' तब उसे बताएँ कि 'फिलहाल इस समस्या को मैंने 'केबिन' में रखा है क्योंकि केबिन में समस्याएँ उलझती नहीं, सुलझती हैं।'

इस प्रकार रोज़ दिनभर में घटी घटनाओं में यदि इस पंक्ति का इस्तेमाल किया जाए तो आनंद, खुशी और शांति ही तो बचेगी।

खुश रहकर दूसरों की मदद करें

हो सकता है आपके मन में यह सवाल उठे कि 'समस्या को *केबिन* में रखना, यह कहीं उस समस्या से भागना तो नहीं है?' कदापि नहीं, समस्या को केबिन में रखना, उससे भागना नहीं बल्कि यह अपने आपमें मन को दिया जानेवाला प्रशिक्षण है। यह प्रशिक्षण तो पृथ्वी पर अपना लक्ष्य पाने के लिए एक मौका है। इसे पाकर यदि हम दुःख में खुश रहने की कला सीख जाएँ तो प्रशिक्षण का हमने सही लाभ लिया।

इंसान छोटी-छोटी घटनाओं में केबिन का प्रयोग करके देखता है और सफल भी हो जाता है। परंतु किसी बड़ी घटना में भी इस पंक्ति का उपयोग करके वह दुःखी नहीं होता है तो इसका अर्थ है कि इस पंक्ति को हर घटना में इस्तेमाल करने का गुर उसमें आ चुका है।

जब घरवाले देखते हैं कि घर में कोई बीमार है, बुखार से तप रहा है, जिस वजह से घर के लोग परेशान और दुःखी हैं तब सब यही चाहते हैं कि घर का सदस्य ज़ल्द से ज़ल्द ठीक हो जाए। इस घटना में के.बी.एन. का प्रयोग करने पर हम देखते हैं कि हम पर इस घटना का कोई नकारात्मक असर नहीं हुआ। इससे एक नई समस्या आन खड़ी होती है। घर के सदस्य की बीमारी में हमारे दुःखी न होने के कारण सभी को गलतफहमी हो जाती है कि हम उस सदस्य से प्यार नहीं करते। मगर क्या दूसरों के दुःख में शामिल होकर ही प्रेम जतलाया जा सकता है?

लोगों की यह मान्यता है कि 'दूसरों का दुःख देखकर हमें भी उनके दुःख में दुःखी होकर शामिल होना चाहिए' क्योंकि लोगों ने आज तक सभी को ऐसा ही व्यवहार करते हुए देखा है। यदि कोई ऐसा नहीं करता तो लोग सोचते हैं कि उस इंसान के अंदर सामनेवाले के प्रति प्रेम, करुणा, दया, आस्था की कोई भावना ही नहीं है। लोग उसे निर्दयी, संगदिल, क्रूर, बुरा इंसान समझते हैं इसलिए आज तक लोग एक-दूसरे के दुःख में दुःखी होने की गलत धारणा के साथ जी रहे हैं।

इंसान को लगता है कि 'दूसरों के दुःख में मैं दुःखी हो रहा हूँ तो मैं कुछ अच्छा कर रहा हूँ' और सामनेवाले को भी यह देख अच्छा लगता है कि 'कोई तो है जो मेरे दुःख में दुःखी हो रहा है, उसे मुझसे कितना प्यार है।' मगर जब दो अज्ञानियों का प्यार मिलेगा तब दुःख दुगना ही होगा। इसके पीछे कारण यह है कि जो दुःखी है, उसकी चेतना का स्तर पहले ही कम हो चुका है, अर्थात वह नकारात्मक मनोदशा में है। ऐसे में यदि कोई उससे मिलकर नकारात्मक संवाद करे तो उसका दुःख बढ़ने ही वाला है। उसे इस अवस्था से बाहर लाने के लिए उच्च चेतना और सकारात्मक तरंग की आवश्यकता होती है। ऐसा केवल वही इंसान कर सकता है, जो इन सबसे ऊपर उठ चुका है, जो खुश है, जो उच्च चेतना के स्तर पर है।

लोगों को यह पता ही नहीं कि सामनेवाले के दुःख में दुःखी होकर वे उसके दुःख को कम करने की बजाय बढ़ा रहे हैं। जैसे घर में यदि कोई सदस्य बीमार हुआ हो, अचानक कोई दुर्घटना हुई हो या किसी की मृत्यु हुई हो तो उस घर के सारे सदस्य पहले दुःखी होते हैं, फिर उस घटना को दुःख की नज़र से देखते हैं। उन्हें लगता है कि उनके साथ ऐसा नहीं होना चाहिए था, यह तो बहुत ही गलत हुआ। इंसान को खुद पता नहीं होता कि अज्ञान में वह जो सोचता है, वह सही है या गलत। इंसान यदि सामनेवाले को दुःखी देखकर खुद भी दुःखी हो जाता है तो यह उसका सामनेवाले के प्रति अंधा प्यार है, आसक्ति है। इसे ही अंधश्रद्धा और अज्ञान कहा गया है।

यदि आप सामनेवाले को दुःख से बाहर निकालने के लिए उसकी मदद करना चाहते हैं तो पहले उसका दुःख सुनें मगर आप खुश रहें। सामनेवाला आपकी खुशी बरदाश्त न कर पाए तो आप केवल बाहर से दुःखी होने का अभिनय करें मगर अंदर से खुश रहें। यदि सामनेवाला समझदार होगा तो वह आपकी खुशी से दुःखी नहीं होगा।

जब आप बड़ी घटनाओं में भी 'कोई बात नहीं' इस पंक्ति का प्रयोग करेंगे तब देखेंगे कि आप पर किसी भी घटना का असर नहीं हो रहा है। इस तरह आप नकारात्मक घटनाओं में भी खुश रहेंगे।

अध्याय-१७

****

सुखी जीवन के पासवर्ड की सातवीं पंक्ति

जब नकारात्मक घटनाओं को खुशी की नज़र से देखा जाता है तब उन घटनाओं में दुःखी होना कम होता जाता है। देखते ही देखते जीवन में दुःख काफी कम महसूस होता है लेकिन वह स्थायी रूप से खत्म नहीं होता है। बीच-बीच में दुःख की भावना आती है। ऐसे में सवाल यह उठता है कि 'दुःखमुक्ति के लिए स्थायी इलाज कौन सा है?'

किसी घटना में दुःख आने पर उसके पीछे हमारी जो मान्यकथा या मूल खता छिपी हुई है, उसकी खोज कर उसे प्रकाश में लाकर, उस मान्यता को अंदर से निकालना ही दुःखमुक्ति का स्थायी उपाय है। जब इंसान खोज करेगा तब उसके सामने हकीकत प्रकट होगी, वह हकीकत में रहना शुरू करेगा, हकीकत से प्रेम करने लगेगा, न कि दुःख मनाएगा।

इंसान सदा दूसरों में ही दोष ढूँढ़ता है और दुःखी होता है। वह नहीं जानता कि '**दोष दूसरों में है, इस विचार में दोष है और वह विचार आपके अंदर है। इसलिए दोष देखना बंद कर, इन-साफ करें।' यही सुखी जीवन के पासवर्ड की सातवीं पंक्ति है।** इस पंक्ति को आत्मसात कर जब आप नकारात्मक घटनाओं में खोज करेंगे तब आपको एहसास होगा कि सामनेवाले में दोष देखने की बजाय स्वयं पर कार्य करने की ज़रूरत है।

आप अपने जीवन में बहुत सारी तकलीफों का सामना करते हैं और दुःखी होते हैं लेकिन क्या कभी आपने अपने दुःखों की खोज की है? क्या आपने कभी यह जानने का प्रयास किया है कि इन दुःखों का मूल कारण क्या है? कौन दुःखी होता है? यदि आपको अपने दुःखों से सदा के लिए मुक्ति चाहिए तो इन दुःखों की तह तक जाना होगा, खोजी बनना होगा। खोजी बनकर आप दुःखद घटनाओं में भी खुश रहने की कला सीख सकते हैं। इसके लिए आपको अपने मन को गहराई से टटोलना होगा। धीरे-धीरे आप इतनी महारत हासिल कर लेंगे कि दुःखों के सारे कारण स्वत: ही आपके सामने आकर विलीन होने लगेंगे।

दुःख में खोज किस तरह करनी है इसे एक उदाहरण से समझेंगे।

अगर आप यह सोचकर दुःखी होते हैं कि 'मैं हर काम में कितना कुशल हूँ, सभी चीज़ें सही जगह पर रखता हूँ। याद से सभी काम करता हूँ और ऑफिस के सभी कार्य बखूबी निभाता हूँ लेकिन मेरे बच्चों और पत्नी को देखो, उनकी सभी चीज़ें अस्त-व्यस्त पड़ी रहती हैं। मेरे फलाँ मित्रों को देखो... फलाँ रिश्तेदारों को देखो... उनकी कोई भी चीज़ जगह पर नहीं मिलती। वे मेरे जैसा सलीका क्यों नहीं सीख पाते? बेसलीकेदार लोग मुझे बिलकुल पसंद नहीं।'

आप अपनी चीज़ें सही जगह पर रखते हैं, सभी काम याद से करते हैं; यह तो अच्छी बात है लेकिन सोचें कि ऐसे कौन से क्षेत्र हैं, जहाँ आप ऐसा नहीं कर पाते हैं। आप कहेंगे, 'मुझे तो ऐसा कोई क्षेत्र दिखाई नहीं देता।' परंतु ज़रा सोचें कि 'क्या आप मन की अलमारी में विचारों को सही जगह पर रखते हैं? अपने सारे काम नियोजन के मुताबिक करते हैं? अपने स्वास्थ्य के प्रति नियमित रूप से ध्यान देते हैं? अपने धन-दौलत का सही इस्तेमाल करते हैं? अपनी सामाजिक ज़िम्मेदारियाँ सही तरह से निभाते हैं?'

जब आप खोज करेंगे तब समझ में आएगा कि शारीरिक स्वास्थ्य के लिए आवश्यक व्यायाम और आहार के प्रति आप कितने लापरवाह हैं। आपके मन में सदैव विचार गुत्थी बने रहते हैं। जैसे ऑफिस की चिंताएँ घर में सुलझाने की कोशिश करते हैं तो पारिवारिक उलझनों को ऑफिस में बैठकर सुलझाना चाहते हैं। पैसों का सही तरीके से उपयोग नहीं करते तथा किसी परिचित के अनुरोध करने पर भी सामाजिक कार्य को मुसीबत समझकर टालने की कोशिश करते हैं।

आप इतने क्षेत्रों में लापरवाह हैं, ऐसे में आपके बच्चे एक-दो कामों में

परफेक्ट नहीं हैं तो इतना गुस्सा क्यों? वे तो आपका आइना हैं, आपको यह दिखाने के लिए कि कितनी जगहों पर आप ऐसी गलतियाँ करते हैं।

फिर आपको महसूस होगा कि अगर बीवी-बच्चे, मेरे मित्र, मेरे रिश्तेदार मेरी अपेक्षानुसार बर्ताव नहीं कर रहे हैं तो बगैर गुस्सा किए मुझे अपने अंदर झाँकना चाहिए कि 'मैं खुद हर जगह अपनी अपेक्षानुसार बरताव कर रहा हूँ या नहीं?'

आपको लग रहा था कि 'मैं हर क्षेत्र में माहिर हूँ' मगर थोड़ी सी खोज के बाद आपको पता चल जाएगा कि अपने भाव, विचार, वाणी और क्रियाओं में आप परिपूर्ण नहीं हैं, उनमें एकरूपता नहीं है। साथ ही अपने शारीरिक, मानसिक, आर्थिक, सामाजिक, आध्यात्मिक क्षेत्र में भी आप परफेक्ट नहीं हैं। तब आपको यह समझ में आएगा कि दूसरों के प्रति शिकायत करना बंद कर देना चाहिए क्योंकि यही आपके दुःख का सबसे बड़ा कारण है। हमारे भाव, विचार, वाणी और क्रियाओं में एकरूपता होने से ही हम परिपूर्ण और खुशहाल जीवन जी सकते हैं। जब हमारे भाव अलग, विचार अलग, शब्द कुछ और व क्रिया कुछ और होती है तब हम खंडित जीवन जीते हैं। यह टुकड़ा-टुकड़ा जीवन ही दुःख का कारण बनता है। इंसान को यदि उसका अज्ञान दिखाया जा सके तो वह दुःखद भावना से मुक्त हो जाएगा।

जीवन की जो भी घटनाएँ आपको दुःखद लगती हैं, उन घटनाओं को यदि आप पुराने नज़रिए से ही देखेंगे तो वे वही फल देंगी, जो अब तक देती आई हैं। मतलब साफ है- उन घटनाओं की पुनरावृत्ति होने पर आप दुःख ही भोगेंगे। जब आपके ज्ञान-चक्षु खुल जाते हैं तो दुःख के कारण एक-एक करके प्रकाश में आते जाते हैं। इसके बाद जो घटनाएँ आपके दिल को ठेस पहुँचा रही होती हैं, परम आनंद का कारण बनने लगती हैं। वे लोग जो पहले आपको दुःख देते थे, आपके संगी-साथी बनने लगते हैं। जब ऐसा आपके साथ होने लग जाए तभी माना जाएगा कि आपके जीवन में सुखी जीवन के पासवर्ड की सातवीं पंक्ति कार्य कर रही है।

अध्याय-१८

सुखी जीवन के पासवर्ड की आठवीं पंक्ति

इंसान अपनी खुशी या तो भूत में या भविष्य में ढूँढ़ रहा है। कोई कहेगा, 'मेरी खुशी भविष्य में है। भविष्य में जब यह सब हो जाएगा तब मैं खुश रहनेवाला हूँ।' कोई कहेगा, 'मेरी खुशी वर्तमान में है, वर्तमान में मुझे जो मिला हुआ है, उसके अंदर खुशी है।' और तीसरा कहेगा, 'जो बीत चुका है, मेरी खुशी उसमें थी।'

अब स्वयं से पूछें, 'आपकी खुशी कहाँ पर है?'
आप जो भविष्य में देखना चाहते हैं, क्या आपकी खुशी उधर है?
जो बीत चुका है, जो गँवा चुके हैं, क्या आपकी उधर खुशी थी?
या जो अब आपके जीवन में है, आपकी खुशी वहाँ है?

खुद से सवाल पूछें, 'इन तीनों में मैं कहाँ हूँ? मेरी खुशी कहाँ पर है?' यह पक्का होना बहुत ज़रूरी है। अगर आपकी खुशी भविष्य में है या आपकी खुशी बीत चुकी है तो आपके वर्तमान की कीमत कितनी? दो कौड़ी की। जबकि सत्य इसके ठीक विपरीत है।

भूत और भविष्य की सोच इंसान को दुःखी करती है। इंसान को जितनी परेशानी भूतकाल से होती है, उतना ही डर उसे अपने भविष्य को लेकर भी होता है। भविष्य की चिंता में वह अपने वर्तमान को खोता जाता है। जबकि वर्तमान में रहकर ही आनंद पाया जा सकता है।

इंसान भविष्य में कुछ यूँ गोते खाता है जैसे 'अभी मेरी शादी तय नहीं हो रही है... पिछली बार भी शादी तय होते-होते रह गई... पता नहीं मेरी शादी होगी भी या नहीं... मनपसंद नौकरी नहीं मिल रही है... पिछली बार भी मुझे नौकरी नहीं मिली थी... पता नहीं कब मिलेगी... गवर्नमेंट की नौकरी मिलेगी या नहीं... आगे मेरा क्या होगा... विदेश जाने का मौका मिलेगा या नहीं... मेरा बंगला कब बनेगा...' आदि।

जो चीज़ें नहीं उसे नहीं मिली हैं या जिन्हें वह अपने जीवन में प्राप्त करना चाहता है उनके बारे में सोच-सोचकर दुःखी होता रहता है। किसी को भूतकाल की घटनाओं को याद करके दुःख होता है तो कोई भविष्य के बारे में सोच-सोचकर दुःखी होता है। उठते, बैठते, सोते, जागते, उसे सिर्फ वे ही विचार सताते हैं। जिससे वह दुःख की खाई में डूबता जाता है। फिर वह दुःख ही उसके जीवन में बाधा बन जाता है। जब मन भूत और भविष्य में भागने लगे तो ऐसे समय पर स्वयं को याद दिलाएँ, **'तब की तब देखेंगे, जब तब, अब होगा।'** यह पंक्ति आपको वर्तमान में लेकर आएगी। **यही सुखी जीवन के पासवर्ड की आठवीं** पंक्ति है। इस पंक्ति का अर्थ है- तब की तब यानी जो भविष्य में है, वह कभी न कभी वर्तमान में आएगा। जब वह वर्तमान में सामने आएगा तब उसके बारे में सोचेंगे।

कई बार इंसान को भविष्य के विचार इतना निराश कर देते हैं कि वह डिप्रेशन में चला जाता है। डिप्रेशन में उसे आत्महत्या तक के विचार आ जाते हैं। उसका पूरा जीवन दुःख और निराशा से घिरा रहता है। वह इससे बाहर निकलने का प्रयास भी नहीं करता।

अब आपको अपने अंदर एक नई आदत विकसित करनी है। आपके लिए जो चीज़ें बनी हैं, आप जो चाहते हैं कि आपके जीवन में आएँ, उनके लिए आपको वर्तमान में रहना सीखना है। वर्तमान में रहते हुए आपको भविष्य के लिए सकारात्मक बीज डालना सीखना है। जिससे आपका भविष्य सुंदर बनेगा और सकारात्मक बीज डालने की वजह से अच्छे फल भी प्राप्त होंगे। नकारात्मक विचारों को फलने-फूलने देंगे तो अनावश्यक घास-फूस ही उगेगी यानी जीवन में सिर्फ दुःख ही आएगा।

आश्चर्य की बात यह है कि हमारा भूतकाल भी वर्तमान में है और भविष्य भी वर्तमान से ही आएगा। इसलिए आपको वर्तमान में रहना सीखना है। जितना आप वर्तमान में रहेंगे, खुश रहेंगे। वर्तमान में खुश रहने से आपका भविष्य सुंदर होनेवाला

है। वर्तमान में रहने से सुख, समृद्धि, स्वास्थ्य, सुंदर रिश्ते, चुस्ती, संतुष्टि आदि आपकी ओर स्वत: ही आना शुरू हो जाएँगे।

लोग बोलते हैं, 'एक दिन लॉटरी लगेगी। जो-जो हम सोच रहे हैं, एक दिन वह हो जाएगा। फिर हम खुश हो जाएँगे।' जैसे विद्यार्थी है तो वह सोच रहा है, कुछ साल बाद जब मैं पढ़ाई पूरी करके अच्छी सी नौकरी हासिल कर लूँगा फिर मैं खुश रहूँगा। यानी उसकी खुशी भविष्य में है मगर वह खुशी वर्तमान पर ही आधारित है। वर्तमान में आप जैसे बीज डालेंगे, वैसे ही फल भविष्य में मिलनेवाले हैं।

जब भी आप गलत बीज डालेंगे तो उसकी सज़ा आपको मिलनेवाली है। अर्थात आप नकारात्मक विचारों पर ही ध्यान देंगे, भूत और भविष्य के बारे में ही सोचेते रहेंगे तो जीवन में दु:ख ही आएगा। इंसान गलत बीज क्यों डालता है? क्योंकि वह वर्तमान में जीता ही नहीं। वर्तमान में जीने से ही आप दु:ख से मुक्त हो सकते हैं। यह बात आपको वाकई समझ में आएगी तो आप वर्तमान में रहना चाहेंगे। जब भी मन भूत या भविष्य में भागने लगे, दु:ख मनाने लगे तब इस पंक्ति को याद करके वर्तमान में आ जाएँ, 'तब की तब, जब तब-अब होगा।'

जो-जो चीज़ें आप चाहते हैं, उनके लिए आप प्लानिंग करेंगे, प्रार्थना करेंगे तो वे चीज़ें आपकी तरफ आना शुरू हो जाएँगी। फिर वापस उन पर ज़्यादा सोचने की आवश्यकता नहीं है। यदि आप रोज़ वही सोच रहे हैं तो आप वर्तमान में नहीं जी रहे हैं। जो करने योग्य कर्म था, आपने कर दिया है। आपने वर्तमान में विश्वास बीज डाल दिया है तो जो चाहिए वह खुद-ब-खुद आने जा रहा है, यह विश्वास रखें। ये आश्चर्य आपको वर्तमान में रहकर देखने हैं।

वर्तमान में ही समृद्धि, संतुष्टि, सुख, प्रेम, आनंद, मौन है। बिना वर्तमान में रहे आप खुशी प्राप्त नहीं कर सकते। इसलिए सुखी जीवन की आठवीं पंक्ति को अपने जीवन में उतारकर वर्तमान में रहने का अभ्यास शुरू कर दें।

खण्ड ३
दु:ख, अशांति का ताला

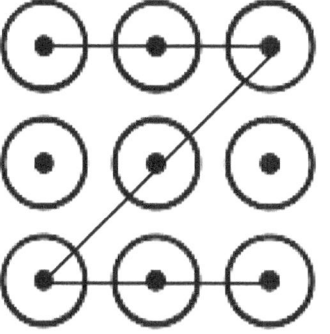

अध्याय-१९

खुदा से जुदा होना खुद दुःख है

इंसान के दुःख के कई कारण होते हैं। **दुःख का सबसे पहला कारण है, 'खुदा से जुदा होना, खुद बनना और उलटा हो जाना।'**

'खुदा से जुदा होना, खुद बनना और उलटा हो जाना', इस पंक्ति पर यदि आप गहराई से मनन करेंगे तो इसका अर्थ स्पष्ट होगा कि खुदा से जुदा होना यानी खुदा को भूल जाना और खुद बनना यानी अपने आपको एक अलग व्यक्तित्व मान लेना। यहाँ पर खुदा का अर्थ किसी मूरत से नहीं है बल्कि खुदा का अर्थ है– स्रोत, स्वअनुभव, सेल्फ, स्वसाक्षी जो हर एक के अंदर है। जिसके होने से ही इस संसार का निर्माण हुआ है। इंसान अपने सच्चे स्वभाव को भूलकर सभी दुःखों को आमंत्रित करता है और उन्हें भुगतता है। स्वयं को भूलकर सब कुछ उलटा-पुलटा हो जाता है।

अतः 'खुदा से जुदा होना, खुद बनना और उलटा हो जाना' दुःख की शुरुआत है। खुद (khud) शब्द को उलटा किया तो दुःख (dukh) शब्द बनता है। इंसान के दुःख का पहला कारण वह स्वयं है मगर वह यह मानने को तैयार नहीं होता। वह हमेशा यह शिकायत करता है कि 'मेरे दुःख का कारण कोई और है।' यदि वह अपनी शिकायत पर गौर करे तो उसे पता चलेगा कि उसकी शिकायत में ही जवाब छिपा है कि दुःख का असली कारण वह खुद ही है। इसे आगे दिए गए उदाहरणों से समझने का प्रयास करेंगे।

राजू ने अपने पिताजी से कहा, 'आज मास्टरजी ने मेरी बहुत पिटाई की।'

इस पर पिताजी ने राजू से कहा, 'स्कूल में ज़रूर तुमने कोई शरारत की होगी।'

राजू ने तपाक से उत्तर दिया, 'बिलकुल नहीं, मैंने कोई शरारत नहीं की बल्कि मैं तो कक्षा में अपनी बेंच पर चुपचाप सोया हुआ था।'

इससे आपको समझ में आया होगा कि राजू की शिकायत में ही उसका जवाब छिपा है। यदि कोई कक्षा में सो जाए तो मास्टरजी द्वारा उसकी पिटाई नहीं होगी तो क्या होगा!

किसी होटल में पार्टी चल रही थी। एक सज्जन ने देखा कि एक मोटी औरत अंदर आते हुए दरवाज़े में फस गई है। यह देख उसने अपने बाजूवाले इंसान को कोहनी मारते हुए कहा, 'यह मोटी काली औरत कौन है, जो दरवाज़े में फँस गई है?

उस औरत को देखकर बाजूवाले इंसान ने रूखे स्वर में कहा, 'वह मेरी ही पत्नी है।'

यह सुनकर वह सज्जन शर्मसार हो गया और घबराते हुए बोला, 'माफ कीजिए मुझसे गलती हो गई।'

इस पर उस इंसान ने कहा, 'नहीं, गलती तुमसे नहीं बल्कि मुझसे हुई है। तुम क्यों ख्वाहमख्वाह परेशान हो रहे हो?'

यह कोई चुटकुला नहीं है, यह सत्य की सोच है, जिसकी आज के दुःखी समाज को ज़रूरत है। जब इंसान दुःख का कारण ढूँढ़ता है तब उसे पता चलता है कि वह खुद ही अपने दुःख का कारण है। मगर दुःख के कारण को समझे बिना वह हमेशा यही सोचता रहता है कि 'कोई और सुधर जाए... कोई और बदल जाए... कोई और सत्संग में जाए... कोई और डॉक्टर के पास जाए तो मैं दुःख से मुक्त हो जाऊँगा...।'

किसी शिक्षक ने अपने एक शरारती विद्यार्थी से कहा, 'मुझे तुम्हारे पिताजी से मिलना पड़ेगा।'

इस पर विद्यार्थी ने तुरंत जवाब दिया, 'ज़रूर मिलिए, मेरे पिताजी दिमाग के अच्छे डॉक्टर हैं। आपको तो उनसे ज़रूर मिलना चाहिए।'

इस चुटकुले के पीछे की सोच समझें। वास्तव में शिक्षक विद्यार्थी के पिताजी को उसकी कमज़ोरियों के बारे में इत्तला करना चाहते थे मगर उस विद्यार्थी को यही लगा कि शिक्षक अपने दिमाग का इलाज़ करवाने के लिए उसके पिताजी से मिलना चाहते हैं। चूँकि शिक्षक उसे बहुत डाँटा करते थे तो उसे लगता था कि 'शिक्षक का दिमाग खराब है, जिस वजह से वे मुझे सदा डाँटते रहते हैं और मुझे दुःख भुगतना पड़ता है।' वह यह नहीं समझ पा रहा था कि शिक्षक के डाँटने का कारण उसकी खुद की कमज़ोरियाँ हैं, न की शिक्षक का पागलपन।

इन तीनों उदाहरणों द्वारा आपको समझ में आया होगा कि हर एक इंसान अपने ढाँचे के अनुसार दुःख भोगता है।

हर इंसान अपनी सोच के अनुसार दुःख की कथा बनाता है, जो उसे सही लगती है। दुःख से बाहर आने के लिए उसे हकीकत जानना ज़रूरी है। जैसे बच्चों और उनके अभिभावकों के बीच अकसर अनबन होती हुई देखी जाती है। बच्चे कुछ अलग चाहते हैं तो माता-पिता कुछ अलग चाहते हैं। माता-पिता अपने बच्चों की शादी के समय जाति, वर्ण, आर्थिक स्थिति, शिक्षा, पदवी आदि कई बातें देखते हैं लेकिन सबसे महत्वपूर्ण बात 'सत्य' को वे उपेक्षित कर देते हैं। वे कभी इस बात पर ध्यान ही नहीं देते कि बाहरी संपन्नता के साथ-साथ सामनेवाले में अंदरूनी सात्विकता, नैतिकता और चरित्र की दृढ़ता है या नहीं। इन सारे गुणों को अनदेखा करके इंसान सामनेवाले को अपनी अपेक्षाओं के ढाँचे में बिठाना चाहता है और अपेक्षाभंग का दुःख भोगता है।

इन्हीं सद्गुणों के अभाव में अज्ञानवश इंसान खुद ही अपने जीवन में वे सारी चीज़ें आमंत्रित करता है, जो दुःख लाती हैं। फिर उस दुःख को वह बढ़ावा भी देता है। इसके बाद दुःख का सिलसिला ही शुरू हो जाता है। हालाँकि वह खुद भी दुःख में नहीं रहना चाहता मगर समझ न होने की वजह से, वह उस दुःख को भी भुगतता है, जो उसे नहीं दिया गया है। इस तरह इंसान स्वनिर्मित दुःख के जाल में फँसता चला जाता है। वह इस बात को जान ही नहीं पाता, कोई बताए तो मान ही नहीं पाता। परंतु अब सजग होकर इस स्वनिर्मित दुःख के जाल से बाहर आएँ और अपने जीवन में सकारात्मक चीज़ों को आमंत्रित करें।

अध्याय-२०

मिटाएँ
दुःख में रहने की आदत

दुःख का दूसरा कारण है, इंसान को दुःख में रहने की आदत पड़ गई है और वह दुःख से बाहर निकलना ही नहीं चाहता। इस आदत की वजह से आज तक वह दुःख मनाते आया है। इसे एक मज़ेदार उदाहरण से समझें-

पति ने अपनी पत्नी से खुश होकर कहा, 'मुझे पागलखाने में नौकरी मिल गई है।'

इस पर पत्नी ने पूछा, 'क्या तुम्हें पागलखाने में काम करने का कोई तजुर्बा है?'

तब पति ने तुरंत जवाब देते हुए कहा, 'नहीं, मुझे पागलखाने में काम करने का कोई तजुर्बा तो नहीं है मगर तुम्हारे साथ तीस साल से जो रह रहा हूँ।'

आज तक कुदरत द्वारा दुःख लाने के लिए कोई व्यवस्था नहीं की गई है। सारी व्यवस्था खुशी लाने के लिए ही की गई है मगर अज्ञान जो करवाए कम है। ज्ञान मिलने पर इंसान को यह समझ में आता है कि हमारे जीवन में जो अस्वीकार का अवरोध है, वह अवरोध यानी स्पीड ब्रेकर ही खुशी को हमारी ओर आने से रोक रहा है। खुशी उपलब्ध है ही, प्रकाश उपलब्ध है ही, उसे रोकने के लिए इंसान जो व्यवस्था कर बैठा है सिर्फ उसे ही तोड़ना है।

इसे ऐसे समझें कि रोशनी लाने का एक बटन होता है। बटन दबाते ही चारों ओर रोशनी फैल जाती है। आज तक ऐसा कोई बटन नहीं बना है, जिससे हम अंधेरा ला सकें। जिस प्रकार अंधेरा लाने का कोई बटन नहीं होता, उसी प्रकार दुःख लाने का भी कोई बटन नहीं होता। बटन होता है सिर्फ खुशी लाने का, रोशनी लाने का। हाँ, ऐसा ज़रूर हो सकता है कि इस बटन को बंद करके इंसान अपने जीवन में रोशनी और खुशी को आने से रोके। लोग अपने जीवन में खुशियों को आने से रोकते हैं इसलिए उनके जीवन में दुःख और अंधेरा आता है।

हर इंसान खुशी पाने के लिए बेचैन है। वास्तव में इंसान के अंदर सतत् खुशी का अनुभव चल ही रहा है, उसके अंदर सतत् खुशी की लहर बिजली की तरह दौड़ ही रही है मगर इंसान को खुशी का बटन बंद करने की आदत पड़ चुकी है। बचपन से उसकी वैसी ही प्रोग्रामिंग हो चुकी है। अतः यंत्रवत उसका हाथ हमेशा खुशी को रोकने का बटन दबाता रहता है। जैसे नींद में भी लोग लाइट का बटन चालू-बंद कर लेते हैं। उन्हें पता होता है कि बटन कहाँ है इसलिए अंधेरे में भी उनका हाथ ठीक वहीं पर जाता है। वैसे ही अज्ञान में लोग दुःख में दुःख का बटन यानी रोशनी को रोकने का, खुशी को रोकने का बटन दबाते रहते हैं। **दुःख लाने के लिए कुदरत ने कुछ नहीं किया है मगर दुःख में रहने की आदत की वजह से इंसान उससे बाहर आने के लिए कुछ करना नहीं चाहता।**

इसे ऐसे समझें कि कोई जब उसे सत्संग में चलने के लिए कहता है या कोई अच्छी पुस्तक पढ़ने के लिए बाध्य करता है तो आदत से लाचार इंसान कहता है कि 'नहीं, मुझे आज टी.वी. पर अपना पसंदीदा कार्यक्रम अथवा खेल देखना है… दिनभर की परेशानियों के बाद मैं टी.वी. देखता हूँ तो मुझे दुःख से थोड़ी राहत मिलती है…' आदि। इस तरह इंसान को दुःख में रहने की आदत पड़ चुकी है। उसे केवल दुःख से राहत चाहिए, मुक्ति नहीं। इस आदत के कारण वह बेहोशी में वही घिसे-पिटे जवाब देता है। इसे एक हवलदार के उदाहरण से और अच्छी तरह से समझें।

आधी रात को पत्नी ने अपने हवलदार पति को नींद से जगाया और कहा, 'देखो, कुछ आवाज़ें आ रही हैं, लगता है घर में चोर घुस आया है।'

तब हवलदार ने अपनी पत्नी से कहा, 'सो जाओ, मुझे परेशान मत करो, मैं इस वक्त ड्यूटी पर नहीं हूँ।'

ठीक इसी तरह दुःख (मानसिक चोर) आए तो तुरंत क्रिया होनी ही चाहिए, मनन होना ही चाहिए, खोज होनी ही चाहिए, कोई भी बहाना नहीं बनाना चाहिए। हर युग में मार्गदर्शन दिया गया है, हर काल में खोज हुई है।

खोज को बनाएँ अपना बल

बुद्ध को जब दुःख आया तब बुद्ध ने कौन सी क्रिया की? उस वक्त उन्होंने यह नहीं सोचा कि 'मैं ड्यूटी पर हूँ या नहीं' बल्कि यह सोचा, 'क्या हम ऐसे ही जीएँगे...? क्या हम भी ऐसे ही कभी बीमार पड़ेंगे...? क्या एक दिन हम भी बूढ़े होकर मर जाएँगे...? क्या यही जीवन है...? इन सब बातों का कुछ तो हल होना चाहिए।' इस तरह की प्रतिपुष्टि यानी आंतरिक फीडबैक, जो उन्हें अपने अंदर से मिली, इतनी जोरदार थी कि वही उनके खोज का बल बन गई।

इंसान दुःख को कभी इस नज़र से देखता ही नहीं। **इंसान को दुःख को ही अपनी खोज का बल बनाना चाहिए।** बुद्ध ने अपनी खोज में दुःख को बल बनाया तो हम ऐसा क्यों नहीं कर पाते? क्योंकि इंसान अपनी आदत से मज़बूर है। इंसान को जब दुःख आता है तब वह उस दुःख से मुक्ति का रास्ता खोजने की बजाय अपनी आदत के मुताबिक कहता है कि 'मेरा यह समय टी.वी. देखने का है... मेरा यह समय आराम करने का है... मेरा यह समय अखबार पढ़ने का है... मेरा यह समय घूमने जाने का है...।' आदतन इंसान कहता है कि दुःख में खोज करने के लिए मेरे पास समय नहीं है क्योंकि उसे दुःख में रहने की आदत पड़ चुकी है। जिस चीज़ की आदत पड़ जाती है, इंसान उसे बेहोशी में बार-बार दोहराता रहता है।

केवल इस आदत की वजह से घर में जब सब कुछ राजी-खुशी चल रहा होता है तब भी लोग एक-दूसरे को चिढ़ाकर, झगड़ा करके, दुःख को आमंत्रित करते हैं और फिर बैठकर उसे सुलझाते हैं। झगड़ा सुलझने के बाद सभी बैठकर प्रेम-प्यार से होटल से खाना मँगवाकर खाते हैं तब कहीं जाकर सभी को अच्छा लगता है। इससे समझें कि इंसान द्वारा पहले दुःख निर्मित किया जाता है, फिर उसे सुलझाया जाता है क्योंकि इंसान को बिना दुःख के रहना अच्छा ही नहीं लगता। आदत की वजह से वह बिना कारण दुःख को आमंत्रित करता रहता है।

इंसान को दुःख की आदत एक दिन में नहीं पड़ती। बचपन से आस-पास के लोगों द्वारा उसे बहुत प्रशिक्षण दिया जाता है तब कहीं जाकर उसे दुःख की आदत पड़ती है। दुःख की आदत पड़ने में इंसान को कई साल लग जाते हैं।

यदि आपको अपनी इस आदत को तोड़ना है तो आपको क्या लगता है, इसे तोड़ने के लिए आपको कितने दिन लगेंगे? २००८! १००८! या १०८ दिन ? यह आदत १०८ दिनों में भी टूट सकती है। हो सकता है कि कुछ लोगों को इससे भी कम समय लगे। कुछ बातें तर्क में नहीं बैठतीं। इसलिए ज़ल्दी विश्वास नहीं आता मगर जैसे ही वे बातें आप अमल में लाएँगे, उन पर सही ढंग से खोज करेंगे तो देखेंगे कि दुःख में रहने की आदत टूट गई है।

अध्याय-२१

पड़ोसी का सुख क्या हमारा दुःख है

दो मित्र आपस में बातें कर रहे हैं।

पहला- आज तुम उदास दिखाई दे रहे हो, क्या हुआ?

दूसरा - कल भारत और पाकिस्तान के बीच खेले गए क्रिकेट मैच में भारत हार गया इसलिए मैं दुःखी हूँ। मैंने अपने एक रिश्तेदार से शर्त लगाई थी कि भारत ही जीतेगा पर मेरा अनुमान गलत साबित हुआ।

यदि कोई देश क्रिकेट मैच हार जाए तो उस देश के लोगों को बड़ा दुःख होता है। शर्त हार जाने पर तो लोगों को और ज़्यादा दुःख होता है। आपके साथ भी यही होता है।

अब ज़रा गहराई से सोचें कि हकीकत में आपके दुःख का कारण क्या है? शर्त हार जाना, दुःख का कारण है या अनुमान गलत सिद्ध हुआ, इस बात का दुःख है? अपने देश के प्रति आसक्ति दुःख का कारण है या पड़ोसियों (पड़ोसी देश) का सुख आपका दुःख है?

ईमानदारी से मनन करने के उपरांत आपको समझ में आएगा कि कई बार **पड़ोसी का सुख ही हमारे दुःख का कारण होता है।** इंसान के दुःख का तीसरा कारण यही है। पड़ोसी का सुख यानी किसी और का सुख। किसी और को सुख मिल रहा है, यह देख इंसान दुःखी हो जाता है। इंसान को जब कोई सुख नहीं मिलता तो उसे

कोई दिक्कत नहीं होती लेकिन जब पड़ोसी को सुख मिलता है तो उसे दिक्कत होने लगती है। यदि पड़ोसियों के सारे सुख समाप्त हो जाएँ तो इंसान के पचास प्रतिशत दुःख तुरंत समाप्त हो जाएँगे। इस तरह पड़ोसियों का सुख लोगों में नफरत जगाता है।

कुदरत का यह अटूट नियम है कि **जिस चीज़ को देखकर इंसान नफरत करता है, वह चीज़ उसके पास नहीं आती।** पड़ोसी की खुशी देखकर यदि आपके अंदर नफरत जगे तो आपके जीवन में कभी भी खुशी नहीं आएगी। पड़ोसी की खुशी देखकर यदि आप खुश होंगे तो खुशी आपके पास अवश्य आएगी। इसे आगे दिए गए उदाहरण से समझें।

नफरतीलाल नामक इंसान जब भी पैसा कमाने जाता है तब उसके पीछे भैंसा पड़ जाता है। उसे आश्चर्य होता है कि ऐसा क्यों होता है? वह सोचता है, 'मैं कोई अन्य काम करने जाता हूँ तो भैंसा मेरे पीछे नहीं आता मगर जब भी मैं कमाने जाता हूँ पैसा तब पीछे पड़ता है भैंसा। आखिर ऐसा क्यों होता है?' नफरतीलाल ने इसके कारणों की बहुत छान-बीन की। अंत में उसने आत्म-परीक्षण किया और जाना कि उसके विचार ही इन सारी बातों की जड़ हैं।

इसे ऐसे समझें कि नफरतीलाल जब पैसे कमाने निकलता है तब उसके मन में ये विचार आते हैं कि 'पड़ोसी ने कार खरीद ली, मैं तो अब तक स्कूटर भी नहीं खरीद पाया... फलाँ इंसान का तो बंगला बन गया... मेरा तो अपना मकान तक न बन सका... पड़ोसी से मिलने ऊँचे और रईस खानदान के मेहमान आते हैं... हमसे मिलने, हमारी शान बढ़ाने कोई नहीं आता...।'

जब नफरतीलाल ऐसा सोचता है तब वह पीतल यानी दुःखी बन जाता है और नफरत में, गुस्से से लाल हो जाता है। अब लाल हो गया तो भैंसा पीछे आएगा ही। लाल रंग देखकर भैंसा ही तो पीछे आता है।

समस्या मज़ेदार है लेकिन कारण गंभीर है क्योंकि इस उदाहरण से आपको समझ में आया होगा कि जिस बात को लेकर इंसान किसी दूसरे से नफरत करता है, वह बात इंसान के जीवन में कभी नहीं आ पाती। इस नफरत के कारण वह पूर्ण रूप से नकारात्मक भाव से भर उठता है। नकारात्मक भाव नकारात्मकता को

ही आकर्षित करता है। इस तरह लाल रंग (नकारात्मक भाव) को देखकर भैंसा (नकारात्मक परिणाम) बार-बार पीछे पड़ जाता है।

जिस इंसान के अंदर नफरत है, उसे किसी और दुश्मन की आवश्यकता ही नहीं है। उसे दुःखी होने के लिए केवल नफरत ही काफी है। दूसरों के लिए अपने मन में नफरत पालकर इंसान अनजाने में अपना ही दुश्मन बन बैठता है।

आपको अपना दुश्मन नहीं बनना है। अनजाने में इंसान दूसरों के सुख से नफरत करके अपना सुख रोक देता है। अतः नफरत को समझ की मशाल से भस्म करना चाहिए। नफरत खुशी को रोकने का बटन है। **जिस दिन आप दूसरों की खुशी में खुश होने की आदत डालेंगे, उसी दिन आप देखेंगे कि आपके जीवन में हर सुख आ रहा है, आपकी खुशी बढ़ती जा रही है।**

नफरत की भावना इंसान को पीतल बनाती है। इसलिए इंसान के अंदर की नफरत जड़ सहित नष्ट होनी चाहिए। वरना कोई अपने पड़ोसी की ऊपरी तौर पर प्रशंसा करे कि 'मेरे पड़ोसी के पास कार है, बंगला है, मोटर है, गाड़ी है, जिसकी मुझे बहुत खुशी है' मगर वास्तव में वह अंदर से जलता ही रहे तो ऐसा व्यवहार उसे पीतल बनाता है, मैग्नेट नहीं। जो मैग्नेट बनते हैं, चुंबक बनते हैं, उनके पास खुशी आती है। जो पीतल बनते हैं, उनसे खुशी दूर भागती है।

पड़ोसी के सुख में जब आप खुश होना सीख जाएँगे तब खुशी आपसे दूर नहीं रहेगी।

सबसे पहले खुशी पर नज़र रखें। कोई चीज़ अगर आपको दिखाई देती है तो ही वह आपके पास आ सकती है। यदि वह दिखाई ही न दे तो पास कैसे आएगी? यहाँ एक छूटी हुई कड़ी है, जिसे ठीक से समझें। **किसी चीज़ को यदि आप खुशी की नज़र से देखते हैं तो वह चीज़ अपनी तरफ लाने में आप उसे बल देते हैं और यदि आप उसे दुःख की नज़र से देखते हैं तो उस चीज़ के आने में आप रुकावट डालते हैं।** जीवन का नियम भी यही है कि किसी चीज़ को दुःख की नज़र से देखने पर वह आपके पास नहीं आती। सुख को दुःख से देखेंगे तो वह आपके पास नहीं आएगा। सुख चाहता है कि 'आप उसे खुशी से देखें।' सुख प्राप्ति का यह नियम है कि **'सुख देखकर खुश होना शुरू कर दें।'** फिर वह सुख किसी का भी हो- चाहे पड़ोसी, मित्र, रिश्तेदार या अनजान इंसान का हो। किसी खुश इंसान को देखकर आपने खुश होना शुरू कर दिया तो यह खुशी को अपनी तरफ लाने का एक शक्तिशाली कदम होगा।

अपने इर्द-गिर्द जो कुछ भी अच्छा चल रहा है, उसका निरीक्षण करने की आदत विकसित करें। टी.वी. सीरियल देखते समय भी यही देखें कि कौन से किरदार खुश हैं। यह सच है कि सीरियल में बहुत कम संख्या में खुश लोग दिखाई देंगे मगर जितने भी दिखाई दें, उन पर ही अपना ध्यान रखें।

मन में नफरत का भाव न रखते हुए अपना ध्यान खुश लोगों पर रखने से आपके पास खुशी आने लगेगी। खुशी का सहज-सरल राज़ है 'बढ़िया देखें, सी-ग्रेट इज सीक्रेट।'

जब भी बीच में समय मिले तो अपने आस-पास जो अच्छा चल रहा है, उसे देखें। इस तरह अपने चारों ओर लोगों की खुशियों को देखें और उन्हें महसूस करें।

जब आप लोगों के लिए मंगलमय भावना रखेंगे, उनके लिए प्रार्थना करेंगे, उनके सुख में खुश होंगे तब भाव के प्रभाव से आपके जीवन में भी खुशी अवश्य प्रवेश करेगी।

नकारात्मक सोच को बदलें

नफरत और नकारात्मक सोच से अनचाही बातें जीवन में चींटी की रफ्तार से आती हैं इसलिए इंसान यह जान ही नहीं पाता कि ये चीज़ें उसकी तरफ धीरे-धीरे सरक रही हैं। वह नकारात्मक बातों पर जितना ज़्यादा ध्यान देता है, उतनी आसानी से नकारात्मक घटनाएँ उसके जीवन में प्रवेश करती हैं। इंसान सोचता है कि 'मैंने तो ऐसा कभी नहीं सोचा था, फिर यह बुरा व्यवहार मेरे साथ कैसे हुआ?' हालाँकि उसे यह नहीं पता कि उसने एक दिन बैठकर ये सब नहीं सोचा बल्कि सालों से नकारात्मक सोचने और देखने की उसकी आदत रही है। जिस कारण पड़ोसी का सुख उसे सदा से खलता आया है और जो खुशी उसकी तरफ आ रही थी, वह भी रुक गई है। जब इंसान को यह पता चलता है तो वह सोचता है, 'काश कोई मुझे पहले यह समझाता कि मेरी नकारात्मक सोच की वजह से मैंने ही खुशी का रास्ता रोक रखा है तो मैं कब से खुश होना शुरू कर देता। चूँकि मैं जानता नहीं था इसलिए मैं लोगों के सुख को खुशी से नहीं देख पाता था। सभी बातों को मैं दुःख की नज़र से देखता रहा लेकिन अब ऐसा नहीं होगा। अब मुझे समझ में आ रहा है कि हर हाल में खुश रहना कितना महत्वपूर्ण है।'

खुश लोगों की वजह से ही यह विश्व चल रहा है। विश्व में आज भी कुछ

लोग खुश दिखाई देते हैं, यह बहुत बड़ी कृपा है। अगर कोई भी खुश नहीं दिखाई देता तो लोगों के पास खुशी आने का सवाल ही नहीं था। जिस दिन पृथ्वी पर एक भी खुश इंसान नहीं बचेगा, समझना कि पृथ्वी उस दिन खत्म हो गई। लोग तो अनुमान लगाते रहते हैं कि 'इस-इस तारीख तक दुनिया खत्म हो जाएगी।' मगर ऐसे लोगों को बताया जाना चाहिए कि 'अभी पृथ्वी पर बहुत से खुश लोग मौजूद हैं। अभी दुनिया समाप्त होने की कोई संभावना नहीं है।'

आपके अंदर यह समझ विकसित हो जाए कि अब आपको पड़ोसियों की खुशियों को देखना सीखना है। साथ ही दूसरों को दुःखी देखकर उन्हें यह याद दिलाएँ कि उनके पास क्या-क्या चीज़ें हैं, जिन्हें देखकर वे खुश रह सकते हैं। अकसर इंसान अपने पास की वस्तुओं को अनदेखा करता है और जो नहीं है, उसके लिए दुःख मनाता है। अतः अब आपकी यह ज़िम्मेदारी है कि आप हर एक को उसकी गुणवत्ता, कुशलता, विशेषता, श्रेष्ठता, सौजन्यता की याद दिलाएँ।

खुश होने के लिए सिर्फ यह समझ ही काफी है। कुदरत का यह सिद्धांत इंसान की समझ में आ जाए तो वह खुश होना शुरू कर देगा, न कि यह सोचेगा कि 'पहले मेरा फलाँ-फलाँ काम हो जाए, मेरी सगाई हो जाए, रिजल्ट आ जाए, मैं पास हो जाऊँ, लड़का हो जाए, घर बन जाए, कार आ जाए, जन्मदिन या नया साल आ जाए, फिर मैं खुश होऊँगा।'

जब इंसान को खुशी के पासवर्ड से दुःख का ताला तोड़ना आ जाएगा तब वह खुश होने के लिए सुखद घटना होने का इंतज़ार नहीं करेगा बल्कि हमेशा खुश रहेगा।

अध्याय-२२

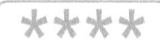

दुःख का भी दुःख दुगना दुःख है

दुःख का चौथा कारण है, **दुःख का दुःख करना**। दुःख का दुःख करना ही इंसान के दुःख का बहुत बड़ा कारण है। इसे एक उदाहरण से समझेंगे, जिससे आपको यह समझने में आसानी होगी कि जिस तरह सर्कस में जोकर का आना सामान्य बात है, उसी तरह जीवन में दुःख का आना भी स्वाभाविक है। यह समझ मिलने पर इंसान दुःख का दुःख करना बंद कर देता है तथा दुःख को दुनिया की सर्कस का जोकर मानकर मुस्कराना सीख लेता है।

जब आप सर्कस देखने जाते हैं तब जोकर देखकर क्या आपको बुरा लगता है? क्या आपको यह दुःख होता है कि 'अरे! सर्कस में जोकर क्यों आया?' नहीं। उलटा सर्कस में जोकर को देखकर आपको खुशी ही होती है। आपको यह स्पष्टता होती है कि सर्कस है तो जोकर आएगा ही।

जिस प्रकार सर्कस में जोकर आता ही है, उसी प्रकार पृथ्वी पर इस जीवन रूपी सर्कस में दुःख आता ही है। इसे ही तथाकथित (so-called) दुःख कहा गया है। सर्कस के जोकर को देखकर आपको बुरा नहीं लगता तो **पृथ्वी के जोकर यानी दुःख को देखकर बुरा क्यों लगता है? पृथ्वी पर दुःख आना सामान्य बात है, उसका मातम नहीं मनाना चाहिए।** उस जोकर पर गुस्सा न हों कि 'हमें देखकर यह हँसता क्यों है? हमारा मज़ाक क्यों उड़ाता है?' कुछ दुःख आपको देखकर हँसते हैं, उससे आप परेशान न हों।

आपके अंदर यह सवाल उठ रहा होगा कि 'यदि पृथ्वी पर दुःख आना स्वाभाविक है तो सुखी जीवन का पासवर्ड क्यों ढूँढ़ना चाहिए?' क्योंकि **इंसान जिसे दुःख समझता है, वास्तव में वह दुःख है ही नहीं। वह तो दिखावटी सत्य है, बल है, विकास है, जोकर है।** ये सब तथाकथित दुःख के अलग-अलग नाम हैं। कोई एक शब्द लेकर उलझे नहीं। इंसान के साथ यही गलती हो जाती है कि वह सिर्फ एक शब्द लेकर बैठ जाता है इसलिए 'तथाकथित (माना हुआ)' शब्द बताना आवश्यक हो जाता है। कहीं कोई यह न सोच बैठे कि 'पृथ्वी पर दुःख है ही तो अब इससे मुक्ति संभव नहीं है। इसलिए अब ऐसे ही रोते-धोते रहना पड़ेगा' मगर ऐसा नहीं है। जब इंसान खोज करेगा तो उसे पता चलेगा कि तथाकथित दुःख मनाकर इंसान खुद ही अपनी ओर आनेवाली सकारात्मक चीज़ों को दुःख की भावना द्वारा रोक रहा है।

यह गलती हर एक से हो रही है। अगर कुछ ही लोगों से यह गलती हो रही होती तो इंसान को शायद लगता कि 'मैं गलती कर रहा हूँ' मगर आस-पास के सभी लोग वही गलती कर रहे हैं इसलिए इंसान को यह महसूस ही नहीं होता कि वह गलती कर रहा है। सबके मन में यह बैठ गया है कि दुःख में दुःखी ही होना चाहिए। परंतु सच्चाई ठीक इसके विपरीत है कि **कम से कम दुःख के समय में तो खुश रहना ही चाहिए। जब दिखावटी, तथाकथित दुःख आए तब मुस्कुराना चाहिए।**

'पृथ्वी पर दुःख आना सामान्य बात है', इस पर जब आपकी दृढ़ता बढ़ेगी तब आप इसे कठिन नहीं समझेंगे बल्कि आप कहेंगे, 'दुःख है पर अब मुझे दुःख का दुःख नहीं है। शरीर को तकलीफ हो सकती है मगर उसका दुःख नहीं हो सकता।' दिक्कत अलग बात है और दुःख अलग बात है। दुःख का दुःख करना बंद करेंगे तो यह बात समझ पाएँगे कि इंसान को छोड़कर पृथ्वी पर और कोई प्राणी दुःखी नहीं है।

अज्ञानयुक्त अहंकार से बचें

दुःख का दुःख करने का मूल कारण है, इंसान का अज्ञानयुक्त अहंकार। इंसान हर घटना के बाद उस पर अज्ञान द्वारा विश्लेषण करता है। इससे उसके अहंकार को चोट पहुँचती है और वह दुःखी होता है। वह खुद को शरीर मानता है इसलिए दर्द को दुःख समझता है। वह सोचता है कि 'कोई बाह्य कारण ही मेरे दुःख का ज़िम्मेदार है।' इसलिए जब भी इंसान को किसी बात पर दुःख हो तब उसे अपने आपसे ईमानदारी से पूछना चाहिए कि 'यह दुःख मुझे क्यों हुआ? क्या फलाँ इंसान

ने मुझे यह गाली दी इसलिए दुःख हुआ? क्या मुझे इसी गाली के साथ दुःख होता है या हर गाली के साथ होता है? क्या मुझे गधा कहा गया इसलिए दुःख हुआ? यदि शेर कहा गया होता तो क्या दुःख नहीं होता? यदि ऐसा है तो गधे और शेर में क्या फर्क है? क्या गधे का चेहरा खराब है? गधा किस बात में कम है? आखिर दोनों जानवर ही तो हैं।'

जैसे एक बार पिताजी ने बेटे से कहा, 'तुम गधे हो।'
इस पर बेटे ने कहा, 'मैं गधा नहीं, शेर हूँ।'
तब पिताजी ने राज़ खोला, 'तुम गधे हो या शेर आखिर हो तो जानवर ही।'

केवल एक उदाहरण के तौर पर 'गधा' शब्द लिया है, इसके पीछे की समझ पर ध्यान दें। इस चुटकुले से समझें कि इंसान को गधा या कोई अपशब्द कहने के साथ दुःख क्यों होता है। इसके पीछे कुछ तो कारण ज़रूर होगा। हो सकता है, उसने बचपन से अपने आस-पास के लोगों द्वारा कुछ सुन रखा हो। जिस वजह से उसने यह मान्यकथा बना ली हो कि 'गधा यानी बुरा... गधा यानी बोझ ढोनेवाला... गधा यानी गंदगी में रहनेवाला...' इसलिए वह उस मान्यकथा में अटककर दुःख मना रहा है।

मान्यकथा ही दुःख का कारण है। इस पर यदि कोई गहराई से मनन करेगा तो उसके मन में प्रश्न उठेगा कि 'मेरे अंदर गधे के बारे में ऐसी कौन सी मान्यकथा है, जिस कारण गधा कहलाने पर मुझे बुरा लगता है? यदि किसी ने गधे का पड़ोसी, गधे का बेटा या गधे का चाचा कहा होता तो क्या उतना ही दुःख हुआ होता?'

हर एक अपने साथ हुई घटना पर यदि पूरा पोस्टमार्टम (विश्लेषण) करके देखे कि निश्चित रूप से दुःख की शुरुआत कहाँ से होती है तब उसे अपनी सोच के ठीक विपरीत जवाब मिलेगा।

पुरानी रिकॉर्डिंग को समझ से तोड़ें

गहराई से मनन करेंगे तो समझ में आएगा कि हर शब्द के साथ इंसान की कोई न कोई मान्यता या भावना जुड़ी हुई है। हर घटना में यदि इंसान अपनी पूछताछ करेगा तो उसे ज्ञात होगा कि जब कोई गाली देता है तब उसके भीतर दर्द की भावना जगती है। क्योंकि उन शब्दों को सुनते ही शब्द के साथ जुड़ी हुई भावनाएँ ऊपर आ जाती हैं और दुःख शुरू हो जाता है। यानी इंसान की याददाश्त में उस शब्द से संबंधित जो पुरानी रिकॉर्डिंग हो चुकी है, वह शुरू हो जाती है।

इस पुरानी रिकॉर्डिंग को समझ के हथौड़े से तोड़ना होगा, डिलीट करना होगा और उसकी जगह पर नई भावना डालनी होगी। गधा कहने पर भी आपके मन में खुशी के भाव आ सकें, इसके लिए नई प्रोग्रामिंग करनी होगी। कम से कम आपको दुःख का दुःख तो बिलकुल न हो। इस तरह आपको अपनी पुरानी फाइल री-प्लेस करनी होगी। यह तब हो पाएगा जब 'गधा' शब्द पर आपने इतनी सारी नई बातें सोची हों कि 'गधा' शब्द सुनकर ही आपको हँसी आए। गधा शब्द सुनकर भी नकारात्मक भाव न आए तो आप कह सकते हैं कि 'अब हम इस दुःख से मुक्त हो गए, अब इस चीज़ का असर हम पर नहीं होता है, हमारी फाइल री-प्लेस हो गई।'

इसका अर्थ ही है कि असली लक्ष्य पाने के लिए पृथ्वी पर दुःख के द्वारा मौका तैयार किया गया है। फाइल री-प्लेस करने का अवसर मिला है। यही तो पृथ्वी की खूबसूरत व्यवस्था है। दुःख आएगा तो आप कुछ अलग बातें सोच पाएँगे वरना आप रोज़ के कामों के अलावा कुछ अलग सोच ही नहीं पाते।

किसी ने इंसान को गाली दी तो यह समस्या नहीं है, उसके साथ जो दुःख का विचार आता है, वह दुःख है। दुःख का दुःख मनाना आपकी खुशी को रोकता है। इसलिए आपको भली-भाँति पता होना चाहिए कि दुःख आना नॉर्मल बात है। दुःख का दुःख करने की कला सिर्फ इंसान को अवगत है। किसी जानवर को यह कला नहीं आती।

जितना दुःख मिला है, उतना ही भुगतें

जितना दुःख आपको मिला है उतना ही भोगें, उससे ज़्यादा नहीं। किसी दुःख में यदि आपको दो मिनट रोना है तो दो मिनट रो लें मगर दो मिनट के बाद पूर्ववत् हो जाएँ। जैसे बच्चे एक पल झगड़ा करते हैं तो दूसरे ही पल खेलने लगते हैं।

दुःख आने पर स्वयं से पूछें कि 'मुझे कितना दुःख आया है और इस पर कितनी देर तक रोना चाहिए? फिर जो भी जवाब आए उसके अनुसार तय करके आधा घंटा, एक घंटा, एक दिन, दो दिन परेशान रहें। जैसे कोई एक दिन का उपवास करता है और घर में बताता है कि 'आज मेरा उपवास है' तो कोई उसके सामने खाना लेकर नहीं आता। उसी प्रकार आप भी अपने घरवालों को बताएँ कि 'आज मैं दुःख में रहनेवाली/रहनेवाला हूँ' तो घरवाले समझ जाएँगे कि आज आपसे ज़्यादा कुछ नहीं बोलना है। एक दिन दुःखी रहने के बाद दूसरे दिन आप पूर्ववत्, तरोताजा और उत्साही हो जाएँगे और दुःख में दुःखी न रहते हुए उचित निर्णय ले पाएँगे।

इंसान साल के ३६५ दिन खुश रह सकता है मगर पहले वह जिस कदम पर है, उस कदम से उसे ऊपर उठना होगा। वरना हर दिन खुश रहने के चक्कर में एक दिन भी वह खुश नहीं रह पाएगा। कुछ लोग बहुत बड़ी-बड़ी बातें करते हैं पर उन्हें क्रियारूप में नहीं ला पाते। अतः पहले कुछ कदम उठाने शुरू करें यानी जितना दुःख मिला है, उतना ही भुगतें, उससे ज़्यादा नहीं।

इस तरह यदि साल के ३६५ दिनों में से कुछ दिन दुःख-भरे भी बीते तो शेष दिनों में वह खुश रहेगा। साल में १००-१५० दिन भी इंसान खुश रहा तो उसके लिए यह बेहतर होगा। वरना जो दुःख उसके हिस्से में नहीं हैं, उससे कई गुना ज़्यादा दुःख भुगतते हुए वह साल में ८-१० दिन ही खुश रह पाता है, कुछ गिने-चुने त्यौहारों पर ही आनंदित रहता है। होशियारी इसी में है कि जितना दुःख मिला है, उतना ही भुगतें।

आज तक पृथ्वी पर बहुत सारे इंसान हो चुके हैं, जो साल के ३६५ दिन खुश रहते थे अर्थात उन्होंने स्वअनुभव प्राप्त किया था। आज भी ऐसे लोग पृथ्वी पर मौजूद हैं। जिन शरीरों में स्वअनुभव होता है, उन शरीरों में कुछ नई, अनोखी और ईश्वरीय बातें खुलती हैं। ऐसी अवस्था के लोग पूरी तरह से दुःख मुक्त होकर खुशी से जीवन जीते हैं। यह अवस्था हर एक को मिल सकती है क्योंकि यही सत्य है, जिसमें तथ्य है।

अध्याय-२३

****

लक्ष्य से ध्यान हटना नहीं चाहिए

पृथ्वी पर इंसान इस लक्ष्य को प्राप्त करने के लिए ही आया है कि वह पूर्णतः दुःख मुक्त हो जाए। इसमें ही दुःख का पाँचवाँ कारण छिपा हुआ है। इंसान का ध्यान जब अपने लक्ष्य से हट जाता है तब उसे जीवन में दुःख दिखाई देने लगता है। **अपने लक्ष्य से ध्यान हट जाना ही इंसान के दुःख का पाँचवाँ कारण है।**

इसे ऐसे समझें कि इंसान के विचारों में दो बातें एक साथ नहीं रहतीं। जब वह एक बात पर ध्यान देता है तब दूसरी बात रुकी रहती है। पहली बात से ध्यान हटने पर ही वह दूसरे विषय पर जा पाता है। इस नियम के अनुसार इंसान का ध्यान जब अपने लक्ष्य से हट जाता है तब उसे दुःख दिखाई देने लगता है। उस वक्त इंसान खुद को याद दिलाए कि 'अपना लक्ष्य' क्या है।

अपना का अर्थ है अ.प.न.आ. (APNA)

अ - A : का अर्थ है अकंप यानी अपने मन को अकंप बनाना

प - P : का अर्थ है प्रेमन यानी अपने मन को प्रेममयी बनाना

न - N : का अर्थ है निर्मल यानी अपने मन से नफरत की मैल निकालना

आ - A : का अर्थ है अखण्ड आज्ञाकारी यानी अपने मन को धीरज के साथ आज्ञाकारी बनाना

इस तरह मन को '**अपना**' बनाना ही असली लक्ष्य है। मन अकंप, प्रेमन,

निर्मल और आज्ञाकारी तब बनेगा जब वह अखण्ड बन जाएग। अर्थात उसके भाव, विचार, वाणी और क्रिया एक हो जाएँगे। ऐसे मन को लेकर जब इंसान इस पृथ्वी से वापस जाएगा तब वह आगे की यात्रा में महानिर्वाण निर्माण यानी उच्चतम चेतना के स्तर पर कार्य कर पाएगा।

इंसान तो भौतिक सुख-सुविधाओं में ही उलझा हुआ है। उसी में अपनी खुशी ढूँढ़ रहा है। आज इंसान का ध्यान अपने लक्ष्य से इसलिए भी हट गया है क्योंकि उसे लगता है कि पैसा कमाना ही उसका परम लक्ष्य है। उसे नहीं पता कि **पैसा रास्ता है, मंज़िल नहीं।** लोगों से यह गलती हो जाती है कि वे पैसे को ही अपना लक्ष्य बना लेते हैं। पैसा सुविधा है, मज़बूत रास्ता है मगर मंज़िल नहीं है। सिर्फ करियर बनाकर, पैसे कमाकर, शादी करके, बच्चे पैदा करके, उन बच्चों का करियर बनाकर, उनके बच्चों को पालकर मर जाना, लक्ष्य नहीं है। जीवन में इन घटनाओं के साथ अगर इंसान का मन अकंप, प्रेमन, निर्मल और आज्ञाकारी नहीं बन रहा है तो वह बिना अपना असली लक्ष्य पाए, दुःखी रहकर पृथ्वी से कूच कर जाएगा।

अतः आप आज से ही 'अपना' लक्ष्य अपनाएँ। दूसरों की अच्छाइयों पर ध्यान केंद्रित करके अपने अंदर अच्छे गुणों को बढ़ाएँ। फिर सच्चाई ही आपकी अच्छाई होगी और अच्छाई ही आपकी सच्चाई होगी।

जब आप अपने लक्ष्य पर ध्यान रखेंगे तब आप खुद तो दुःख के आँसुओं से मुक्त होंगे ही, दूसरों को भी दुःख मुक्त करने के लिए निमित्त बनेंगे। इसके लिए पहले आपको अपने लक्ष्य पर ध्यान केंद्रित करना चाहिए। इंसान की नज़र जब अपने लक्ष्य से हट जाती है तब उसे दुःख दिखाई देना शुरू होता है।

जैसे बच्चों को खेलते-कूदते देखकर माता-पिता को बहुत आनंद आता है। फिर कुछ देर बाद जब माता-माता का ध्यान बच्चों से हटकर आस-पास फैले कीचड़ और गंदगी पर जाता है तब वे दुःखी हो जाते हैं। उसी तरह जीवन में 'अपने लक्ष्य' से नज़र हटाने पर इंसान को दुःख दिखाई देने लगता है। अतः **सतत् अपनी नज़र अपने लक्ष्य पर ही रखें।**' खुद दुःख मुक्त होने पर ही आप लोगों के लिए सही निमित्त बन पाएँगे।

सकारात्मक मैग्नेट बनें

आज के आधुनिक युग में टी.वी., इंटरनेट, अखबार, मीडियावाले हिंसा और अपराध की वारदातें दिखा-दिखाकर लोगों को अपराध करने के लिए बढ़ावा दे रहे हैं। उन्हें लगता है कि ऐसे कार्यक्रमों द्वारा वे समाज से हिंसा और अत्याचार खतम

कर देंगे मगर इन कार्यक्रमों को देखकर लोग और भ्रमित हो जाते हैं।

कुदरत का यह नियम है, **'जिस चीज़ पर नज़र रखोगे, वह बढ़ेगी।'** इंसान को तय करना चाहिए कि उसे जीवन में किसे बढ़ावा देना है। यदि इंसान माया की तरफ आकर्षित होगा तो वह अपने लक्ष्य से हट जाएगा। जिस प्रकार गुण दिखा-दिखाकर, अच्छाइयों पर ध्यान केंद्रित करके गुण बढ़ाए जा सकते हैं, उसी प्रकार टी. वी. और अखबार में अपराध दिखा-दिखाकर अपराध को ही बढ़ावा दिया जा रहा है। घंटों नकारात्मक घटनाएँ देखकर इंसान अनजाने में उन चीज़ों को अपने जीवन में आकर्षित करता है। यदि कोई ऐसा सालों से कर रहा है तो निश्चित ही उसे पीतल यानी दुःखी बनते देर नहीं लगेगी। इसलिए पहले अपने आपको सकारात्मक मैग्नेट बनाना सीखें यानी हर घटना को खुशी की नज़र से देखना सीखें।

सकारात्मक मैग्नेट बनने के लिए आपको सबसे पहले दुःखी होना बंद करना होगा तथा मन को 'अपना' बनाना होगा। अकसर देखा गया है कि लोग दुःखी होकर समस्या को मिटाने की कोशिश करते हैं लेकिन समस्या पूरी तरह से जड़ से नहीं मिटती और कुछ समय बाद वापस समस्या अपनी जड़ पकड़ लेती है। समस्या को समूल नष्ट करने के लिए आपको खुशी का चुंबक बनना होगा। खुशी का चुंबक बनकर आपको अपने तथा दूसरों के जीवन से दुःख दूर करना होगा।

अपने मन को निर्मल बनाकर आप खुद-ब-खुद खुशी का चुंबक बन जाएँगे। आपके जीवन में रोज़ मैल निकालने यानी मन को निर्मल, प्रेमन, अकंप बनाने के मौके आ रहे हैं। ये मौके हर रोज़ होनेवाली घटनाओं द्वारा आपको मिलते रहते हैं।

जैसे किसी टंकी में भरा पानी ऊपर से साफ देखकर इंसान खुश हो सकता है कि पानी साफ है मगर उस पानी को हिलाया जाए तो पानी की तली में बैठी गंदगी ऊपर आ जाती है और सारा पानी मटमैला हो जाता है। तब इंसान को पता चलता है कि वास्तव में पानी साफ नहीं था। उसे स्वच्छ करने के लिए इस गंदगी को निकालना ज़रूरी है तभी वह पानी सच्चे अर्थ में निर्मल कहलाएगा।

ठीक इसी तरह जब इंसान के जीवन में कोई दुःख नहीं होता, सब कुछ मन मुताबिक चल रहा होता है तब वास्तव में कचरा तली में बैठा हुआ होता है। ऐसी अवस्था में इंसान कहता है कि 'मेरे जीवन में कोई मैल नहीं है, मेरा मन तो निर्मल है' लेकिन वह बड़े धोखे में है। आपको इस धोखे में नहीं रहना है और तली में बैठे कचरे को अनदेखा नहीं करना है। दुःखद घटनाओं के तूफान में सारा कचरा दृष्टिपथ में आ जाता है। अतः इन घटनाओं को कचरा निकालने के लिए मौका बनाएँ।

यह कचरा निकालने के लिए ही तो आप पृथ्वी पर आए हैं। पृथ्वी पर इसके लिए ही इंसान को समय और मौका दिया गया है। इंसान को जो उम्र दी गई है, उसके एक चौथाई हिस्से में यह मैल निकल सकती है, इसका अर्थ इंसान को चार गुना ज़्यादा समय दिया गया है। लेकिन इंसान उस पर काम नहीं करता, समझ न होने की वजह से उसके अंदर मैल वैसी की वैसी ही रह जाती है। हर मौके पर काम करने के लिए अपने मन को निर्मल, अकंप, प्रेमन और आज्ञाकारी बनाना है।

दूरदर्शिता रखें, अपना लक्ष्य प्राप्त करें

इंसान यदि मन को 'अपना' बना पाए तो यह उसकी सबसे बड़ी दौलत होगी। इसके सामने हर दौलत फीकी है। जिन्होंने अपना लक्ष्य 'अपना' बनाया है, वे ही संपूर्ण सफल हैं। चाहे लोग उनकी हरदम तारीफ होते हुए नहीं देखते या उन्हें बड़े पद, शोहरत, ताज, बंगला, गाड़ी मिलते हुए नहीं देखते। अतः लोगों को उनका बाहरी जीवन देखकर यह प्रेरणा नहीं मिलती कि हम 'अपना लक्ष्य' प्राप्त करें। मगर जो दूरदर्शिता रखते हैं, वे बता पाते हैं कि भविष्य में यही काम में आएगा।

इंसान को ऐसी बातों पर ज़ल्दी यकीन नहीं आता। जो दिखता है, उस पर यकीन करवाना कोई बड़ी बात नहीं है, यह तो कोई भी करवा सकता है। जो अदृश्य में चल रहा है, उस पर यकीन करवाने के लिए और उसे दिखाने के लिए ही मार्गदर्शक (गुरु) की आवश्यकता होती है। मार्गदर्शक ही अदृश्य का दर्शन करवाते हैं, दूरदर्शिता का दृष्टिकोण रखना सिखाते हैं। इंसान की क्षमता और बुद्धि केवल वह देखने की है, जो दृश्य स्वरूप में उसके इर्द-गिर्द मौजूद है। परंतु मार्गदर्शक उसे अदृश्य को देखने की दृष्टि प्रदान करते हैं।

अदृश्य को न देख पाने की वजह से इंसान बेवजह दुःख भुगतता है इसलिए वह पृथ्वी पर जो बनने आया है, जो करने आया है, वह नहीं कर पाता। उदाहरण के तौर पर अगर आप पृथ्वी पर राष्ट्रपति बनने नहीं आए हैं और राष्ट्रपति बन गए तो आप दुनिया के सबसे बड़े दुःखी राष्ट्रपति होंगे। क्योंकि जो आप नहीं करने आए हैं, यदि वह करेंगे तो दुःख ही होगा। जो आप करने आए हैं, वह जब आपसे होने लग जाएगा तब आपको खुशी मिलेगी।

इंसानी शरीर में कुदरतन ऐसी व्यवस्था की गई है, जिससे उसे अपने बारे में निरंतर प्रतिपुष्टि (फीडबैक) मिलती रहती है। इंसान को दुःख और खुशी दोनों ही अवस्थाओं में अपनी भावना द्वारा फीडबैक (संकेत) मिलता रहता है। यदि किसी काम को करने में सुखद भावना महसूस होती है तो समझें कि आप वही काम कर

रहे हैं, जो आप करने आए हैं।

अत: आज ही आप यह दृढ़ संकल्प करें कि अपना लक्ष्य पूरा करके ही पृथ्वी से जाएँगे। जिस तरह गलत चीज़ों की आदत हो जाती है, वैसे ही सही चीज़ों की आदत भी डाली जा सकती है। खुद में यह आदत डालने का संकल्प लेकर आपको अपने जीवन में कार्य करना होगा। इसके लिए पहले छोटे-छोटे संकल्प लेकर उन्हें पूर्ण करें, जिससे आपका आत्मविश्वास बढ़े।

अध्याय-२४

अज्ञान में होनेवाले कर्म का असर दुःख है

एक डाकिया किसी गाँव में एक इंसान को पत्र देने के लिए गया। डाकिये ने उस इंसान को पत्र देते हुए कहा, 'तुम्हारे एक पत्र की वजह से मुझे चार मील दूर चलकर यहाँ आना पड़ा।'

इस पर उस गँवार इंसान ने जवाब दिया, 'इसके लिए आपने इतने कष्ट क्यों उठाए? वहीं कहीं आस-पास लेटर बॉक्स देखकर उसमें पत्र डाल दिया होता।'

अब वह गँवार खुद ही नहीं समझ पा रहा कि वह क्या कह रहा है। इसलिए कहा गया है, 'अज्ञान जो सुचवाए सो कम है।' अज्ञान में इंसान सोचता है कि 'ऐसा हो सकता था, वैसा हो सकता था।' मगर वह जो कह रहा है, उससे उसका अज्ञान ही झलकता है इसलिए सबसे पहले अज्ञान दूर करना ज़रूरी है।

इंसान जब अज्ञान में कोई कर्म करता है तब उसके जीवन में दुःख आता है। **इंसान के दुःख का छठा कारण है, अज्ञान में होनेवाले कर्म।** अज्ञान में उठाए गए कदम हमेशा दुःख ही देते हैं। अतः इंसान को अपना अज्ञान दूर करना अति आवश्यक है। इसे डाकिया के उदाहरण से समझें।

ज्ञान के प्रकाश से ही अज्ञान दूर हो सकता है। आपको सिर्फ इतना करना है कि कर्म करते समय यह ध्यान रहे कि हर कर्म ज्ञानयुक्त हो। **ज्ञानयुक्त कर्म में भक्ति**

है और भक्ति में है खुशी। ज्ञानयुक्त कर्म में आज तक के प्रसिद्ध ज्ञानमार्ग, भक्तिमार्ग और कर्ममार्ग ये तीनों राजमार्ग समाए हुए हैं। ज्ञानयुक्त कर्म में युक्ति हो, विवेक हो, बुद्धि हो। यह ज़रूर देखें कि जो भी कर्म किया जा रहा है, वह ज्ञान से किया जा रहा है या अंध भक्ति से किया जा रहा है और उसका परिणाम किस तरह आएगा। कोई भी क्रिया बाहर से देखने में कितनी भी सही लगे पर यह जाँचना ज़रूरी है कि वह कर्म ज्ञानयुक्त है या नहीं। इसे एक उदाहरण से समझें।

एक इंसान के घर में आग लग गई। आग देखकर उसके पड़ोसी ने उससे पूछा, 'तुम्हारे घर में आग लगी है और तुम इतने शांत कैसे बैठे हो? तुम कुछ करते क्यों नहीं?'

तब उस इंसान ने कहा, 'मैं प्रार्थना तो कर रहा हूँ कि बारिश हो जाए।'

इसे ही अंध भक्ति कहते हैं। यह उदाहरण बताता है कि उस इंसान के पास ज्ञान और विवेक दोनों नहीं हैं। उस समय आग बुझाने का कर्म करना आवश्यक था सो उसे वही करना चाहिए था। कहने का अर्थ यह नहीं है कि ऐसे समय प्रार्थना नहीं करनी चाहिए। प्रार्थना तो करनी ही है, साथ ही ज्ञानयुक्त कर्म भी करना है। हालाँकि वह इंसान अज्ञान में केवल प्रार्थना कर रहा है कि 'बारिश हो'। मगर सिर्फ प्रार्थना करके उसने सही कर्म किया, ऐसा नहीं है बल्कि उसे उस वक्त आग बुझाने का कर्म भी करना चाहिए था। उसे आग बुझाता देख चार लोग और मदद के लिए आ सकते थे लेकिन उसने वह कर्म नहीं किया।

इस उदाहरण से समझें कि हर इंसान को इस बात का ज्ञान प्राप्त करना चाहिए कि वह किस परिस्थिति में कैसा प्रतिसाद दे। इंसान का प्रतिसाद हमेशा भक्तियुक्त ही होना चाहिए। जब इंसान भक्तियुक्त प्रतिसाद देने लगेगा तब उससे सभी कार्य सहजता से होने लगेंगे। फिर उसका कर्म भक्ति बन जाएगा, प्रेम उसका स्वभाव बन जाएगा। ज्ञानयुक्त कर्म में भक्ति का समावेश होता है। यदि इंसान के जीवन से भक्ति निकाल दें तो खुशी भी निकल जाएगी। ज्ञान के साथ-साथ भक्ति इसलिए आवश्यक है क्योंकि भक्ति इंसान की भावना के साथ जुड़ी हुई है। भावना इंसान के हृदय के नज़दीक होती है और हृदय के साथ ही स्वअनुभव का आनंद लिया जा सकता है।

सबसे पहले स्वअनुभव है, उसके बाद भावना यानी स्वभाव आता है। फिर विचार, वाणी और अंत में क्रिया आती है। क्रिया सबसे आखिर में दिखाई देती है।

ज्ञानयुक्त कर्म में इस तरह के कर्म हों- जिसमें जहाँ क्रिया की आवश्यकता हो, वहाँ क्रिया की जाए; जहाँ बात करनी है, वहाँ बात की जाए; जहाँ विचार करना है, वहाँ विचार किया जाए और जहाँ मनन करना है, वहाँ मनन किया जाए। इसका अर्थ ही है कि जहाँ जिस प्रतिसाद की ज़रूरत है, वहाँ वैसा प्रतिसाद दिया जाए। इसे आगे दिए गए अलग-अलग उदाहरणों से समझने का प्रयास करेंगे।

एक होटल में बैठे ग्राहक से वेटर ने पूछा, 'खाने में क्या लाऊँ साहब?'

ग्राहक ने कहा, 'नूडल्स् ले आओ।'

तब वेटर ने पूछा, 'कौन से नूडल्स् लाऊँ? चायनीज, फ्रेंच या जॅपनीज?'

इस पर ग्राहक ने वेटर के प्रति अपनी नाराज़गी व्यक्त करते हुए कहा, 'अरे भई! कोई भी लेकर आओ, मुझे थोड़े ही नूडल्स् से बात करनी है।'

जहाँ जो करना चाहिए, वहाँ वह होना चाहिए। जहाँ पर आवश्यकता नहीं है, वहाँ पर निरर्थक बातें बोलने की ज़रूरत नहीं है। जहाँ बात करनी है, वहाँ अलग ऑर्डर होगा; जहाँ क्रिया करनी है, वहाँ अलग ऑर्डर होगा और जहाँ सोचना है, वहाँ अलग ऑर्डर होगा। अर्थात हर घटना के अनुसार कर्म करना चाहिए। सिर्फ हवाई बातें नहीं करनी चाहिए।

इस तरह अज्ञान की वजह से लोगों से कर्म न करने का गलत कर्म होता है। कई लोग तथाकथित ज्ञानी बनकर हवाई बातें करते रहते हैं। ऐसे लोग जहाँ क्रिया करनी चाहिए, वहाँ क्रिया नहीं करते और ज्ञान के शब्दों का इस्तेमाल अपने तमोगुण को छिपाने के लिए करते रहते हैं। आप यदि उनसे कहें कि 'ऐसा-ऐसा करो' तो वे कहते हैं, 'इसकी आवश्यकता नहीं है।' फिर वे उसके पीछे का ज्ञान बघारने लगते हैं। अपनी योग्यता दिखाने के लिए आवश्यकता से अधिक बोलते हैं। जैसे- 'यह तो ठीक नहीं है... ऐसा नहीं करना चाहिए... वगैरह।'

इसे एक उदाहरण से समझेंगे कि लोग किस तरह हवाई बातों में उलझकर, अज्ञानयुक्त कर्म करके अपना समय व शक्ति खर्च करते हैं और कुछ भी साध्य नहीं कर पाते।

एक लड़के ने अपने मित्र से गंभीरतापूर्वक सवाल पूछा, 'मेरी पतंग तारों में अटक गई है, अब मुझे क्या करना चाहिए?'

तब मित्र ने उसे जवाब दिया, 'कानून को बुलाना चाहिए, अब तो कानून ही तुम्हारी मदद कर सकता है।'

मित्र का अजीबों-गरीब जवाब सुनकर लड़के ने आश्चर्य से उससे पूछा, 'कानून को क्यों बुलाना चाहिए, पतंग का तारों में अटकना और कानून का क्या संबंध है?'

तब मित्र ने जोर से ठहाका लगाते हुए कहा, 'क्योंकि कानून के हाथ लंबे होते हैं।'

अब यह बात सुनने में कितनी भी सही और मज़ेदार लगे मगर है तो हवाई। इस तरह के हवाई जवाबों से किसी भी समस्या का, कभी भी हल नहीं निकलता।

एक बार बेवजह लाइट जलते हुए देखकर नफरतीलाल ने अपने बेटे को डाँटते हुए कहा, 'पहले ही विश्वव्यापी तापक्रम वृद्धि (ग्लोबल वार्मिंग) की समस्या चल रही है, ऊपर से दिन में यह लाइट किसकी वजह से जल रही है?'

इस पर बेटे ने पिताजी की बातों पर बिना सोचे, समझे तुरंत जवाब दिया, 'एडिसन की वजह से।'

इन उदाहरणों से आपको यह समझ में आया होगा कि ऐसे जवाब देकर इंसान अपनी गलती छिपाना और कर्म से बचना चाहता है। अथवा अज्ञान में दूसरों को ऐसे सुझाव बताता रहता है, जिससे कोई परिणाम नहीं आता। इस तरह की अनावश्यक बातचीत से कभी समस्या का हल नहीं निकलता। इसे ही अज्ञान में होनेवाला कर्म कहा गया है। अतः सदा ज्ञानयुक्त कर्म करें। **जब आप ज्ञानयुक्त कर्म करेंगे तब भक्ति बढ़ेगी, हर कर्म अभिव्यक्ति बन जाएगा और भक्ति की अभिव्यक्ति में आनंद ही आएगा।**

अज्ञानयुक्त कर्म करके ही लोग दुःख पाते हैं। बे सिर-पैर की बातें कर वास्तव में वे समस्या से मुख मोड़ लेते हैं। इससे वातावरण तो हलका हो जाता है मगर समस्या जड़ से नहीं जाती। अतः ज्ञान के प्रकाश से अज्ञान दूर कर, अज्ञान में होनेवाले कर्मों से मुक्त हो जाएँ ताकि आपका हर कर्म ज्ञानयुक्त हो।

अध्याय-२५

मन की कल-कल है दुःख-दुःख

पृथ्वी पर इंसान अपने साथ मन को लेकर आया है तथा मन के साथ कल और अकल ये दो चीज़ें भी लाया है। कल का अर्थ है समय और अकल का अर्थ है समझ। कल (समय) का इस्तेमाल जब आप अकल (समझ) से करेंगे तब आपके लिए अपना लक्ष्य पाना आसान हो जाएगा। वरना इंसान कल-कल करता रहता है। कल-कल यानी हर काम कल पर टालता रहता है। अर्थात इंसान हमेशा कल में ही जीता है, वर्तमान में जीना उसने बंद कर दिया है। **इंसान के दुःख का सातवाँ कारण है, कल्लू मन की कल-कल।**

अब इंसान को यह कला सीखनी है कि कल का इस्तेमाल अकल से कैसे किया जाए क्योंकि कल में है दुःख और अकल में है सुख। इंसान सोचता है कि कल कुछ तो अच्छा होगा इसलिए वह सदा कल की प्रतीक्षा में रहता है। वर्तमान में आनंदित रहना वह भूल चुका है। वर्तमान में खुश होना सीखने के लिए कल का इस्तेमाल अकल से करना होगा।

मन हमेशा जो कल हो चुका और कल जो आनेवाला है, उसके बारे में ही सोचता है। जैसे बहुत सारे त्यौहार आते हैं और चले जाते हैं, उदाहरण के तौर पर दशहरा, दिवाली, होली आदि। हर त्यौहार के साथ इंसान कहता है, 'पिछली दिवाली ज़्यादा अच्छी थी... इस बार की दिवाली में कुछ मज़ा नहीं आया... पिछली होली में जो रंग चढ़ा था... उसकी तुलना में इस बार की होली फीकी

है...।' इस तरह इंसान हमेशा कल में जीता है इसलिए जब कोई त्यौहार आता है तब वह सोचता है कि 'पिछले साल का त्यौहार ज़्यादा अच्छा था।' इसका अर्थ जो चल रहा है, उसका आनंद वह कभी नहीं ले पाता है।

आपने गौर किया होगा कि बच्चे जब शनिवार को स्कूल से घर आते हैं तब बहुत खुश होते हैं। खुशी में वे उछल-कूद करते हैं। स्कूल को छुट्टी तो रविवार को होती है लेकिन उन्हें रविवार की अपेक्षा शनिवार को ज़्यादा खुशी होती है। क्योंकि शनिवार के दिन स्कूल से लौटने के बाद उन्हें यह विचार आता है कि 'कल रविवार है, छुट्टी है, मज़ा है। परंतु छुट्टी के दिन यानी रविवार को विचार आता है कि कल मनडे है, स्कूल जाना है।

मनडे यानी मन का डे, कल्लू मन का डे। मन जो कल-कल करता है, किर-किर करता है, बड़-बड़ करता है, उसकी वजह से सब गड़बड़ होती है। उसकी बड़-बड़ ही दुःख का कारण है। इस कल-कल करनेवाले मन को नाम दिया गया है, 'कल्लू मन।' कल्लू मन सदा कल में रहता है, फिर चाहे वह पिछला कल हो या आनेवाला कल हो। इस कल्लू मन को जब आप पहचानेंगे तब दुःख से बाहर आ जाएँगे क्योंकि कल में है दुःख और अकल में है खुशी। अकल से, समझ की मशाल से अज्ञान को नष्ट करना चाहिए, नफरत को मिटाना चाहिए।

लड़ो या जीओ

इंसान जब पृथ्वी पर आता है तब वह बैक ब्रिज तोड़कर आता है। फिर वह कई साल तक इस पृथ्वी से वापस नहीं जा पाता है। जैसे प्राचीन काल में किसी राज्य की सेना जब युद्ध के लिए कूच करती थी तब ब्रिज (पुल) पार करने के पश्चात उसे तोड़ दिया जाता था ताकि कोई युद्ध-भूमि से डरकर पीछे भाग न पाए। सैनिकों के पास दो ही विकल्प बचते थे। लड़ो या मरो। उसी तरह इंसानी शरीर मिलना यानी बैक ब्रिज का टूटना है।

बैक ब्रिज तोड़कर पृथ्वी पर आने के बाद लोगों के पास भी दो ही विकल्प बचते हैं- **लड़ो या जीओ**। मगर इंसान को लड़ना और मरना, ये दो ही बातें याद रहती हैं, जीनेवाली बात वह भूल जाता है। जिन लोगों को आत्महत्या के विचार आते हैं, उन्हें बहुत अच्छे ढंग से समझ लेना चाहिए कि वे बैक ब्रिज तोड़कर पृथ्वी पर आए हैं इसलिए उन्हें लड़ना है। यहाँ पर लड़ने का मतलब किसी सेना के साथ लड़ना नहीं है बल्कि यहाँ समझ और तोलू मन की लड़ाई है। यह लड़ाई समझ की है, तलवार की नहीं। इस लड़ाई में विवेक की तलवार और समझ की ढाल का

उपयोग करना है। **विवेक की तलवार से जब इंसान लड़ेगा तब वह सच्चे अर्थों में जीवन बनकर जीएगा।**

अगर आप अकल का इस्तेमाल नहीं करेंगे तो आपके जीवन में कल-कल, मन की बड़-बड़ और उलझनों की गड़बड़ चलती ही रहेगी। जब इंसान बीते हुए कल और आनेवाले कल का गलत इस्तेमाल करता है तब वह वर्तमान में रहना बंद कर देता है। **इंसान को चाहिए कि वह कल का इस्तेमाल करे, कल उसका इस्तेमाल न करे।** इंसान यदि वर्तमान में नहीं रह पाता तो इसका मतलब है कि कल उसका इस्तेमाल कर रहा है, वह अकल से कल का इस्तेमाल नहीं कर रहा है।

कल्पना का उपयोग करें

अकल से कल का इस्तेमाल करने के लिए कल्पना का इस्तेमाल किया जा सकता है। कल्पना में जीना नहीं है, कल्पना का केवल उपयोग करना है। कल्पना का अर्थ है कल की पनाह। आप प्रार्थना करते हैं, 'हे ईश्वर मुझे अपनी पनाह में रखना यानी मुझे कल्पना की पनाह में मत रखना।' कल की पनाह में नहीं जीना है यानी कल्पना का केवल उपयोग करना है।

नई तकनीक, नई तरकीब, नया हुनर तथा रचनात्मक कार्य-योजना निर्धारित करने के लिए कल्पना का इस्तेमाल किया जा सकता है। इसके अलावा कल्पना के ज़रिए आपको कल जो कार्य करने हैं, उनके लिए वर्तमान में ही सही बीज डालने हैं। यानी स्वस्थ और समृद्ध जीवन की कल्पना पर विश्वास जतलाएँ, जिससे आनेवाला कल ब्राइट होगा, खुशियों भरा होगा। वर्तमान में रहते हुए सही बीज डालने की कला सीखने से आज जो आपको थोड़े बहुत दुःख दिखाई दे रहे हैं, वे भी धीरे-धीरे समाप्त हो जाएँगे। आज तक आप मिश्रित यानी थोड़े खुशी के तो थोड़े दुःख के बीज अपने जीवन में डाल रहे थे। जाने-अनजाने में जो थोड़े बहुत अच्छे बीज आपके द्वारा डाले गए हैं, उस वजह से आज आप असली आनंद की झलक ले पा रहे हैं।

इंसान दुःखद घटनाओं में शोकाकुल होकर दुःख से बचने के लिए ईश्वर से प्रार्थना करता है। इंसान के शब्दों में भाव, जितने ज़्यादा प्रबल होते हैं, प्रार्थना का परिणाम उतना ही ज़ल्दी आता है।

दुःखद घटनाओं में मुक्ति की चाह अपने आप प्रबल हो उठती है। जैसे बुद्ध ने दुःख का दर्शन कर जब पूरी तन्मयता से कहा, 'अब बस हो गया, अब दुःख से

मुक्त अवस्था का साक्षात्कार करना ही है' तब उनके अंदर वह भाव इतनी तीव्रता से आया कि उनसे खुद-ब-खुद सत्य खोज की क्रियाएँ होने लगीं। क्रियाएँ (कर्म) भावनाओं का परिणाम होती हैं। इंसान से जो प्रार्थनाएँ निकलती हैं, उनसे अपने आप योग्य क्रियाएँ होने लगती हैं और इंसान अपने परम लक्ष्य तक पहुँचता है।

अध्याय-२६

****

माया के गर्भ में इंसान परेशान

इंसान के पास यदि पद है, पैसा है, परिवार जनों का प्रेम है तो वह खुश रहता है। यह सब नहीं रहा तो क्या इंसान खुश रह सकता है? नहीं न! **यह सुख ही इंसान के दुःख का कारण है।** इंसान जिन कारणों से सुखी होता है, उनके लुप्त हो जाने पर वह दुःखी हो जाता है। अतः अप्रत्यक्ष रूप से इंसान के सुख का कारण ही उसके दुःख का कारण बनता है।

पृथ्वी को घर समझकर सुख पाने की कामना ही इंसान का दुःख बन जाती है। जिन चीज़ों को इंसान सुख देनेवाली चीज़ें समझता है, वही मान्यता उसके दुःख का कारण बन जाती है।

इंसान सोचता है कि 'जीभ को स्वादिष्ट खाना मिले, आँखों को मनोरम दृश्य देखने को मिले, कानों को मधुर संगीत सुनने को मिले तो ही मुझे सुख मिलेगा।' धीरे-धीरे इंसान की आसक्ति इतनी बढ़ती जाती है कि वह पृथ्वी को ही अपना घर मान बैठता है।

इस पृथ्वी रूपी संसार यानी 'नगर' को कोई अपना घर मान ले तो उस घर में वह कैसे रहेगा? उस घर पर वह अपनी मालकियत जताएगा। उस घर में कॉकरोच भी आएगा तो वह कहेगा, 'मेरे घर में कॉकरोच क्यों आया?' अगर कोई आपसे कहे कि 'घर तो कॉकरोच का ही है, तुम तो इस घर के मेहमान हो। कॉकरोच तुम्हें यहाँ पर रहने दे रहे हैं, यही बहुत बड़ी बात है। वे तुम्हारे साथ समन्वय (ऐडजस्टमेंट)

साध रहे हैं। वे बेचारे तुम्हारे सो जाने के बाद बाहर आकर घूमते हैं।'

इंसान मानकर बैठा है कि घर में टी.वी., फ्रीज, वॉशिंग मशीन, गाड़ी का होना सुख है; नित-नए कपड़े, गहने मिलना सुख है; शरीर को आरामदेह बिस्तर मिलना सुख है। यह सुख ही उसका दु:ख बन जाता है। बाहरी सुखों से मिलनेवाला नकली आनंद ही इंसान के दु:ख का मुख्य कारण है।

सुख के प्रति इस मान्यता को तोड़ने के लिए यह समझ प्राप्त करनी चाहिए कि पृथ्वी घर नहीं, न-घर यानी नगर है। यदि आपको यह स्पष्ट हो जाए तो फिर आप जिस सुख को अंतिम सुख मान बैठे हैं, उस भ्रम से बाहर आ जाएँगे। वह माया टूट जाएगी। यह माया तब टूटेगी जब आप ठीक से पैदा होंगे। सचमुच पैदा होना यानी सारे बंधनों से, मान्यताओं से मुक्त हो जाना।

कैद से बेखबर इंसान

इंसान ठीक से पैदा ही नहीं हुआ है तो उसे दु:ख होगा ही। जैसे माँ के पेट में बच्चा बंधन में होता है तो उसे लगता है कि माँ के पेट से बाहर निकलकर वह आज़ाद होगा। मगर माँ के पेट से निकलकर बच्चा माया के पेट में चला जाता है और माया का पेट इतना बड़ा है कि इंसान को लगता ही नहीं कि वह माया में है। वह अभी तक पैदा ही नहीं हुआ है। एक काल्पनिक उदाहरण से इसे समझें।

यदि एक बहुत बड़ी जेल बनाई जाए और उसमें आपको रख दिया जाए तो आपको पता भी नहीं चलेगा कि आप जेल में हैं। जैसे एक शहर के क्षेत्रफल जितनी बड़ी जेल में आपको रखा जाए और आप इस बात से अनजान हैं तो आप हर जगह बेफिक्र होकर घूमेंगे। यदि आपसे कोई कहे कि 'आप कैदी हैं, जेल (बंधन) में हैं' तो आप कहेंगे, 'मैं कहाँ कैदी हूँ! मैं तो बड़े मज़े में हर जगह घूमता हूँ।'

आपको अपने कैदी होने का पता उस दिन चलता है, जब आप रेल्वे प्लेटफार्म पर दूसरे शहर की टिकट निकालने के लिए जाते हैं और आपसे कहा जाता है कि 'आप इस शहर से बाहर नहीं जा सकते, आप जेल में हैं।' यदि आप इसी शहर में ही घूमते रहते तो आपको कभी यह पता नहीं चलता कि आप जेल में हैं।

इसी तरह माया के पेट में भी इंसान मज़े से घूमता रहता है। माया में रहकर उसे पता ही नहीं चलता कि इससे बाहर निकलकर असली आनंद की दुनिया में रहा जा सकता है। क्योंकि माया के पेट में माया तय करती है कि 'आप इससे ज़्यादा खुश नहीं हो सकते या आप कितना खुश हो सकते हैं।'

यदि आप माया के पेट (दुःख) से मुक्त होना चाहते हैं तो पहले ठीक से पैदा हो जाएँ यानी माया में रहकर माया को समझें और उससे बाहर आ जाएँ। जब आप माया के पेट से बाहर आ जाएँगे तब आप देखेंगे कि आपके सारे दुःख एक साथ समाप्त हो गए हैं। आज़ादी मिलने पर यह समझ में आएगा कि इंसान का सुख ही उसके दुःख का कारण है।

पृथ्वी पर आकर, स्वयं को पहचानकर, अपने सुखों की परिकल्पना से बाहर निकलें। जब आप संपूर्ण जीवन को समझ जाएँगे तब जीवन में आनेवाले दुःखों को उच्च चेतना के दृष्टिकोण से देख पाएँगे। फिर वे दुःख आपको दुःख नहीं बल्कि विकास की सीढ़ी या लक्ष्य प्राप्ति का मौका लगने लगेंगे।

खण्ड ४
ताले की चाभी

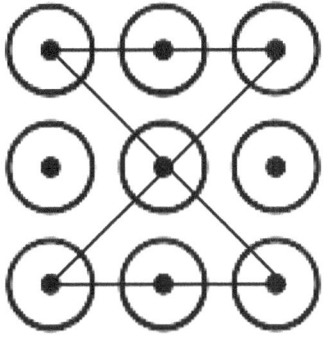

अध्याय-२७

स्वीकारयुक्त अनुमति

आइए, दुःख के कारणों को जानने के बाद अब दुःख मुक्ति के उपायों पर विस्तार से जानते हैं।

दुःख में खुश होने का पहला उपाय है, 'स्वीकारयुक्त अनुमति देना'। जैसे ही दुःख आए तो सबसे पहले उसे अनुमति देना सीखें। अपने जीवन में स्वीकार यानी अनुमति मुद्रा (केबिन) का सही इस्तेमाल करें। इस बात का हलका सा ज़िक्र पहले भी किया है।

अँगूठा और तर्जनी केवल इन दो अंगुलियों को खोलने से उनके बीच में ब्रैकेट (केबिन) बनती है। यह अनुमति मुद्रा है। जिस बात को आप अनुमति देना चाहते हैं, उसे इस ब्रैकेट में रखें और अपने आपको यह मुद्रा दिखाकर सवाल पूछें कि 'क्या मैं इसे (जो जीवन में हो रहा है) स्वीकार कर अनुमति दे सकता हूँ?' जिस तरह कभी-कभी हम कोई बात ब्रैकेट में लिखते हैं, उसी तरह जीवन में होनेवाली कुछ घटनाओं को भी ब्रैकेट (अनुमति मुद्रा) में डालना सीखें। जैसे किसी इंसान के द्वारा सही प्रतिसाद न मिलना... कोई घटना अपने मन मुताबिक न होना... अपने पसंदीदा कार्यक्रम के वक्त लाइट चली जाना... इत्यादि। इस तरह छोटी-छोटी

※*स्वीकारयुक्त अनुमति मुद्रा*

घटनाओं से लेकर बड़ी घटनाओं को अनुमति देना सीखना चाहिए।

अब समझें कि अनुमति और स्वीकार करने का सही मापदंड क्या है। यदि किसी ने आपके साथ बुरा व्यवहार किया और उसके प्रति आपके मन में शिकायत नहीं उठी, वह जो कर रहा है, उसे वह करने की आपने अनुमति दी तब समझें कि आपने उस घटना को सही तरीके से स्वीकार किया है।

दुःख की नदी को किनारा न दें

जब आप जो जैसा है, उसे वैसा रहने की अनुमति दे पाएँगे तब आपके अंदर दुःख को किनारा नहीं मिलेगा। दुःख की नदी इसलिए विस्तीर्ण होती है क्योंकि उसे किनारा मिलता रहता है और उसमें दुःख भरता जाता है। यदि किनारा हटा दिया जाए तो दुःख भी पानी की तरह विलीन हो जाता है। जब आपमें अनुमति देने का भाव अंकुरित होगा तब आप लोगों से झगड़ेंगे नहीं बल्कि जो इंसान जैसा है, उसे वैसा स्वीकार कर पाएँगे। इससे आपका यह लाभ होगा कि दुःख की नदी विलीन होने के साथ-साथ उसमें की जानेवाली खेती (ईर्ष्या, द्वेष, मोह, तुलना, लालच) भी नष्ट हो जाएगी।

अनुमति देने का एक कारण और भी है। चूँकि हर इंसान एक ही घटना को अलग-अलग तरीके से देखता है। हर इंसान का दृष्टिकोण अलग होता है। अतः हर एक अपनी जगह पर सही होता है। **कोई भी घटना अच्छी या बुरी नहीं होती। हम उसे जिस दृष्टिकोण से देखते हैं, वह दृष्टि ही उसे अच्छा या बुरा बनाती है।** एक घटना में दो लोगों की सोच अलग-अलग हो सकती है इसलिए दोनों को सही और गलत से ऊपर उठकर देखना चाहिए। वरना समस्या आते ही लोग गलत-सही का लेबल लगाकर गलत दिशा में समस्या का समाधान ढूँढ़ने लगते हैं और अंत में पता चलता है कि वह तरीका ही गलत था। कई बार पूरी उम्र बीत जाने के बाद इंसान को पता चलता है कि वह जिस तरीके से समाधान की खोज कर रहा था, वह तरीका ही गलत था। इस तरह समय की बरबादी से बचने के लिए अनुमति मुद्रा हर एक के लिए एक मंत्र बन सकती है।

यदि आप सोच रहे हैं कि अनुमति देना यानी कायरता या मुश्किलों से भागना तो नहीं है? कतई नहीं। अनुमति देना मुश्किलों से भागना नहीं बल्कि उन्हें सुलझाने का पहला कदम है। कुछ लोगों को लगता है कि घटना को स्वीकार कर अनुमति

देने से कहीं हम पलायन तो नहीं कर रहे हैं? मगर ऐसा नहीं है। किसी भी बात को सही ढंग से हल करने का यह सही तरीका है।

जैसे आप घर से बाहर जाने के लिए निकले और आपने देखा कि आपकी कार के पीछे किसी ने अपनी कार लगाकर रखी है। अब यदि आपने इस घटना को स्वीकार किया तो आप ठंडे दिमाग से सोच पाएँगे कि सामनेवाले ने किसी मज़बूरी में ऐसा किया होगा। आप शांति से जाकर उसे अपनी कार हटाने के लिए बता पाएँगे। वरना आप गुस्से में कार के मालिक से जाकर लड़ पड़ेंगे। अनुमति देने की भावना के साथ इंसान के दोनों हाथ खुल जाते हैं और वह खुले हाथों से समस्याओं को सुलझा पाता है।

अस्वीकार के साथ मन की हालत ठीक वैसे ही होगी, जैसे आप जीवन की गाड़ी धुँधली स्क्रीन के साथ चला रहे हैं। सामान्य बुद्धि 'कॉमन सेन्स' तो यही कहता है कि पहले गाड़ी की स्क्रीन साफ करनी चाहिए ताकि आगे की यात्रा सुलभ हो सके। इसी तरह अनुमति देने से अगर जीवन रूपी गाड़ी की स्क्रीन साफ होती है तो उसे साफ करना कॉमन सेन्स है, पलायन नहीं।

आपने शुतुरमुर्ग को देखा होगा। जब गिद्ध उस पर हमला करता है तो वह रेत में अपनी गरदन छिपाकर बैठ जाता है। उसे लगता है कि 'अब मुझे कोई नहीं देख रहा है', इसे पलायन कहा गया है। अगर वह रेत में गरदन डालकर चुंबक निकाले (रेत में चुंबक के कण पाए जाते हैं), जो उसे ऐसा चुंबक बना दे कि उसकी वजह से रेगिस्तान में बारिश हो जाए और गिद्ध भाग जाए तो आप कहेंगे, 'यह पलायन नहीं, प्रज्ञा है, हल है।'

अगर शुतुरमुर्ग यह कला सीख जाए कि कैसे अपने आपको सकारात्मक चुंबक बनाना है तो वह देखेगा कि गिद्ध भाग गए, समस्याएँ छँट गईं, बारिश आने लगी, कृपा बरसने लगी, धरती भीनी-भीनी खुशबू से महक उठी।

अनुमति के साथ जैसे ही आप सकारात्मक चुंबक बनते हैं, वैसे ही वे सारी चीज़ें आपके जीवन में आकर्षित होने लगती हैं, जो आप चाहते हैं। समस्याओं से बचने के लिए अगर आपने अपना मुँह छिपा लिया यानी अपनी गरदन रेत में डाल दी तो आप पीतल बन जाते हैं। इससे जो भी मुसीबतें आई हैं, वे बढ़ती ही जाती हैं।

यह वह है, जिसकी मुझे ज़रूरत है

घटनाओं को अनुमति देकर आप यह भी जान जाएँगे कि जो कुछ भी आपके साथ हो रहा है, वह आपकी ज़रूरत है। अनुमति मुद्रा में यह रहस्य भी छिपा हुआ है, '**यह वह है, जिसकी मुझे ज़रूरत है।**' इसका अर्थ है, इस समय आपके जीवन में जो भी चल रहा है, उसकी आपको ज़रूरत है। इस समय आपको जो भी मिल रहा है सत्कार, मार, प्यार, लोगों का अच्छा या बुरा व्यवहार, वह आपकी ज़रूरत है।

जैसे किसी ने आपको गाली दी तो ही आप दुःख का दर्शन करने तथा मुक्ति पाने के लिए पूछताछ करते हैं कि दुःख किसे हुआ? क्रोध किसे आया? यदि किसी ने गाली नहीं दी होती तो आप अपनी पूछताछ भी नहीं करते। सारे काम मन मुताबिक ही हों तो क्या आप अपनी गाड़ी की स्क्रीन (दृष्टिकोण) साफ करते? आप तो इसी धोखे में रहते कि मैं बढ़िया वाहन चालक हूँ। यदि आपके गाड़ी की स्क्रीन धुँधली है तो दुर्घटना भी हो सकती है। यह तो कृपा है कि हाइवे है, कोई दुर्घटना नहीं हो रही है, आपके लिए खुला आसमान है। अर्थात आपके अंदर वृत्ति और संस्कारों के होते हुए भी आपका जीवन सुगम और अबाधित चल रहा है। इसे कृपा समझें मगर इसका अर्थ यह कदापि न समझें कि अपने दृष्टिकोण को बदलने की बिलकुल ज़रूरत नहीं है। जानें कि अपनी समझ को पैना करने के लिए गाली कितनी बड़ी भूमिका निभाती है। कहीं ऐसा न हो जाए कि कृपा वरदान की बजाय अभिशाप बन जाए।

प्रार्थना पूरी होना कृपा है। अब तक आपने जो-जो प्रार्थनाएँ की हैं, उनके असर के कारण ही किसी ने आपको गाली दी है। अर्थात तथाकथित दुःख की वजह से आपके अंदर से कभी तो मुक्ति की घोषणा निकली होगी, जो किसी की गाली द्वारा आपसे मनन करवा रही है कि 'आप कौन हैं? किसे बुरा लगा? गाली देनेवाला कौन है?' इसी तरह कोई आपको गाली दे तो समझें कि आपको मनन का पूरा मौका मिल रहा है।

आपके जीवन में गाली और ताली, सुख और दुःख, सफलता और असफलता, जीवन और मृत्यु, ऐसी अनेक घटनाएँ हो रही हैं। यह आप पर निर्भर करता है कि आप उन्हें किस तरह ले रहे हैं। क्या घटनाओं को आप इस तरह ले रहे हैं कि 'यह मेरी इस वक्त की ज़रूरत है और इनके द्वारा मुझे मेरे मन को, यह जानकर वश में करना सीखना है कि इस घटना में मेरे मन में क्या-क्या विचार उठे?'

आपके विचार ही बताएँगे कि आपको अपने मन पर और कितना काम करना है। आपके अंदर उठे विचारों से ही आपको सही रास्ता मिलेगा।

जैसे ही आप जानेंगे कि 'यह वह है, जिसकी मुझे ज़रूरत है' तो आपके मन में चलनेवाला वाद-विवाद तुरंत बंद हो जाएगा। तब आप कहेंगे कि 'वाह, बड़ी शांति है, इसकी मुझे ज़रूरत है' और थोड़ी देर में फिर अशांति आ गई तो भी आप कहेंगे कि 'अब इसकी मुझे ज़रूरत है।'

शांति का सुख देखने के बाद अशांति यह बताने के लिए आती है कि 'आपके अंदर अभी भी कुछ कचरा बाकी है। उस कचरे को निकाले बगैर आप आगे नहीं बढ़ सकते।' जैसे पहाड़ पर चढ़ते वक्त बीच में पठार (प्लैटो) आ जाए तो कोई उसे अपनी मंज़िल समझकर वहाँ बैठ नहीं जाता बल्कि आगे बढ़ता है। इसी तरह एक बार शांति आने के बाद वहाँ आप रुक न जाएँ, इसी के लिए जीवन में अशांति आती है। घटनाओं के द्वारा कुदरत आपके जीवन में हर वह चीज़ पहुँचा रही है, जिसकी आपको ज़रूरत है। मन ये बातें जल्दी नहीं मानता इसलिए तरह-तरह के सवाल पूछता है।

जब तक इंसान को जीवन का पूरा चित्र दिखाई नहीं देता तब तक वह मान नहीं पाता कि जो कुछ चल रहा है, वह उसकी ज़रूरत है और उसके मन में अनगिनत सवाल उठते हैं। पूरा चित्र यानी पृथ्वी पर क्या चल रहा है? आप पृथ्वी पर कौन सा लक्ष्य लेकर आए हैं? आदि बातें देख नहीं पाते।

अतः आप चित्र का एक ही हिस्सा देखकर अनुमान लगाते हैं कि 'यह चित्र (सुख) अच्छा, यह चित्र (दुःख) बुरा।' मगर जब पूरा चित्र आपके सामने आएगा तब आपको अपनी ही सोच पर हँसी आएगी कि 'यह मुझे पहले क्यों नहीं समझ में आया। चित्र के एक हिस्से में तो संकेत दिया गया था कि यह किस चीज़ का चित्र है मगर मैंने वह संकेत पकड़ा ही नहीं।' आप अपनी मान्यता के अनुसार चित्र देखते हैं और गलत अनुमान लगाते हैं। जब तक आपको पूरा चित्र दिखाई न दे, तब तक दुःख में रहकर इंतज़ार न करते रहें बल्कि अब तक जो समझ आपको मिली है, उस पर काम करना शुरू कर दें।

स्वीकार मुद्रा सतत् आपको याद दिलाती रहे कि 'क्या मैं इसे स्वीकार कर अनुमति दे सकता हूँ?' जैसे कोई इंसान आपके विरुद्ध ऐसा कार्य करता है, जिससे

आपकी किसी प्रकार की हानि हुई हो, इसके पश्चात भी आप उसे क्षमा करना चाहते हैं तो अनुमति की मुद्रा बनाकर अपने आपसे पूछें कि 'क्या मैं उस इंसान को क्षमा कर सकता हूँ?' इस तरह यह मुद्रा स्वयं के साथ बातचीत करने के लिए इशारा भी है। परंतु एक बात याद रखें कि यह मुद्रा आपको अपने लिए बनानी है, किसी और के लिए नहीं। यदि आप संघ में काम कर रहे हैं तो मुद्रा द्वारा किसी और को रिमाईंडर दे सकते हैं।

अध्याय-२८

****

खुशी का चश्मा न उतरे न उतारें

दुःख में खुश रहने का दूसरा उपाय है, कभी भी खुशी का चश्मा न उतारना, खुशी की मुद्रा न छोड़ना। इसे एक मज़ेदार उदाहरण से समझते हैं।

एक बार नफरतीलाल ने बड़े गंभीर स्वर में अपने बेटे से पूछा, 'बेटे, क्या तुम पढ़ रहे हो?'

बेटे ने कहा, 'नहीं पिताजी।'

नफरतीलाल ने आगे पूछा, 'तो क्या तुम लिख रहे हो?'

इस पर बेटे ने कहा, 'नहीं पिताजी।'

नफरतीलाल ने फिर पूछा, 'फिर क्या तुम चित्र बना रहे हो?'

बेटे ने कहा, 'नहीं पिताजी।'

हर सवाल पर बेटे की ना सुनकर नफरतीलाल ने गुस्से में कहा, 'फिर चश्मा पहनकर क्यों बैठे हो? मैं कब तक तुम्हारी फिजूलखर्ची सहता रहूँगा? कब तक तुम्हारी फिजूलखर्ची यूँ ही चलती रहेगी?'

इस उदाहरण में बच्चे का चश्मा खुशी के चश्मे का द्योतक है। जिस तरह

पिताजी बच्चे को किसी काम के बिना चश्मा पहनने की मनाई करते हैं, उसी तरह आपके चारों तरफ के लोग आपको यही सलाह देते हैं कि 'दुःख के होते हुए तुम यूँ खुश नहीं रह सकते, फिजूल में खुशी का चश्मा नहीं पहन सकते।' माया में रहनेवाले लोगों का यही तो काम है। वे आपको दृढ़तापूर्वक कहेंगे कि 'चारों तरफ दुःख होते हुए भी तुम सबको खुशी से क्यों देख रहे हो... दुनिया बहुत बुरी है... भलाई का जमाना नहीं रहा... उनकी तरफ खुशी से देखना खतरनाक है... अतः तुम अपना आनंद का चश्मा उतारो... खुशी का चश्मा उतारो...।'

ऐसे समय में आपके अंदर खुशी के अनुभव की दृढ़ता होनी चाहिए। लोग अज्ञान में ऐसा ही कहेंगे, इसमें उनकी कोई गलती नहीं है क्योंकि उन्हें समाज से यही शिक्षा मिली है। मगर आप यह ध्यान रखें कि आपको उनका कहा अनसुना करना है और खुशी की स्वीकार मुद्रा कभी नहीं छोड़नी है, खुशी का चश्मा कभी नहीं उतारना है। आपको हर घटना को खुशी के चश्मे से ही देखना है।

हर इंसान के मन में अपने परिवारजनों के लिए प्रेम की भावना होती है। जब वह परिवार के सदस्यों को दुःखी या बीमार देखता है तब खुद भी दुःखी हो जाता है। इस तरह वह दुःखभरी नज़रों से प्रियजनों को देखता है तो वे उसे और ज़्यादा दुःखी दिखाई देते हैं। अज्ञान में इंसान से यह गलती हो जाती है। वह प्रियजनों को दुःख की नज़रों से देखकर उनके दुःख को कम नहीं करता बल्कि और बढ़ाता है। अतः यदि किसी को दुःख से बाहर निकालना चाहते हैं तो पहले अपनी यह गलती सुधारें, सामनेवाले को दुःख के चश्मे से नहीं बल्कि खुशी के चश्मे से देखें।

जब आपको दुःख में दुःखी होने की अपनी गलती पकड़ में आएगी और आप उसे सुधारेंगे तभी सामनेवाला इंसान दुःख से बाहर आ सकता है। वरना उस इंसान की दुःख से बाहर आने की संभावना बहुत कम है। आपको यह बात अतार्किक लग सकती है लेकिन जब आप यह करके देखेंगे तो यही बात आपको तर्क संगत लगेगी।

सबसे पहले यह बात याद रखें कि दुःखी होकर आप अपने प्रियजनों की मदद नहीं कर सकते बल्कि उनका नुकसान ही करेंगे। किसी घटना में आप दुःखी हो रहे हैं यानी दिखावटी सत्य (तथाकथित दुःख) को आप सत्य मान रहे हैं।

यदि आप अपने प्रियजनों की मदद करना चाहते हैं तो सबसे पहले अपने अंदर की नकारात्मक भावनाओं का त्याग करें। नकारात्मक विचारों तथा शब्दों से

नकारात्मक भावना ही बढ़ती है। जब तक लोगों को यह सत्य मालूम नहीं होता तब तक वे किसी चीज़ का नकारात्मक पहलू ही देखते हैं और नकारात्मक ही सोचते हैं। जैसे- देश ऐसा ही चल रहा है... लोग बुरे हैं... सब गलत चल रहा है... यहाँ बाढ़ आ रही है... वहाँ भूकंप आ रहा है... यहाँ गरीबी है... वहाँ बीमारी है... कुछ ठीक नहीं है... इत्यादि। इस तरह दुनिया में अधिकांश लोग नकारात्मक ही सोच रहे हैं और आप भी उनका साथ देकर घटनाओं को और बुरा बना रहे हैं। दरअसल आपको यह सोचना चाहिए कि 'मैं अपनी तरफ से किसी भी बात को या घटना को दुःखी होकर, बुरा बनाना बंद कर दूँगा। मुझे अकंप बनना है और किसी भी घटना में नकारात्मक सोच का योगदान नहीं देना है।'

यदि अपने प्रियजनों को दुःखी देखकर आप भी दुःखी हो रहे हैं, इसका अर्थ आपने खुशी का चश्मा उतार दिया है। पंरतु खुशी का चश्मा उतारने से आप कभी आगे नहीं बढ़ पाएँगे बल्कि दुःखी होकर आप अपनी उच्च चेतना की अवस्था को छोड़कर निम्न चेतना के स्तर पर आ जाते हैं। आपका मन यदि अकंप है और आप हर इंसान को खुशी के चश्मे से देखते हैं तो आप दुःखी इंसान को दुःख से बाहर निकाल सकते हैं। शुरू में यह कार्य आपको कठिन लग सकता है लेकिन खुद दुःख से बाहर आने और सामनेवाले को दुःख से बाहर लाने का यही सर्वोत्तम उपाय है। सारा जहाँ इधर का उधर हो जाए मगर आपको वहीं के वहीं रहना है- एक जगह, एक स्थान, तेजस्थान। यह नया नहीं, प्राचीनतम स्थान है, मूल स्थान है। यह हृदय स्थान है, जो विचारों का स्रोत है, आरंभ बिंदु है। आपको इस आरंभ बिंदु पर रहकर विचारों को देखने की कला सीखनी है।

विचारों को तटस्थ भाव से देखें

आपके चारों ओर कुछ लोग आपको दुःख में घिरे हुए दिखाई देते हैं। उन लोगों को देखकर आपके अंदर कौन से विचार उठते हैं और समझ मिलने के बाद कौन से विचार उठेंगे? समझ मिलने से पहले के विचार और समझ मिलने के बाद के विचार, ये दो स्तर आपको समझने हैं। सोचें कि आप दोनों में से कहाँ पर हैं। यदि विचारों के उठने पर आप उनमें डूब जाते हैं तो उन विचारों से आया हुआ दुःख आपके अंदर निर्माण होगा और यदि आप विचारों को तटस्थ भाव से देख पाते हैं तो आपकी खुशी बरकरार रहेगी।

अकसर इंसान अपने विचारों से नकारात्मक बातों को ही आकर्षित करता

है। किसी का दुःख देखकर वह भी दुःखी हो जाता है। अतः आपको अपने विचारों की शक्ति पर इतना काम करना है कि आपकी नज़र में कोई भी नकारात्मक बात आए तो वह खुद-ब-खुद सकारात्मक होने लग जाए। इसके लिए आपको कुछ करना नहीं पड़ेगा, सिर्फ आपकी दृष्टि यानी देखने का सही नज़रिया ही काफी होगा। आपको कहाँ पहुँचना है और आप कहाँ पर हैं, जब आपको इन दोनों में फर्क समझ में आएगा तब आपको अपने स्तर का पता चलेगा।

जब भी आप संसार में दुःख देखते हैं तब आपके साथ जो होता है, आपके अंदर जो विचार उठते हैं तथा आपके अंदर जो भावना उभरती है, वह आपके लिए फीडबैक है कि आप कहाँ पर हैं और कहाँ हो सकते हैं।

खुशी का चश्मा पहनने की आदत आपके खून में उतरे

आपको उस मूल स्थान (स्रोत) पर पहुँचना है, जहाँ से हर दृश्य बिना किसी आसक्ति के देखा जा सकता है। जब हर घटना में आप अपना ध्यान सकारात्मक बातों पर ही लगाएँगे, हर घटना के पीछे के सत्य को ही देखेंगे तब आपको कोई घटना हिला नहीं पाएगी। दुःखद घटना में अपने आपसे पूछें कि 'क्या यह घटना मुझे अकंप बना रही है या मैं कंपित और दुःखी हो रहा हूँ?' मन अकंप होने के बाद ही आप लोगों की सही और खुशी से मदद कर पाएँगे। **खुशी का चश्मा पहनने की आदत आपके खून में ही उतरनी चाहिए।** इसे एक उदाहरण से समझने का प्रयास करते हैं।

एक लड़के को पुस्तकें पढ़ना अच्छा लगता था। वह एक पुस्तक दो-तीन बार पढ़ लेता था। अपनी इस आदत से वह बहुत खुश भी था लेकिन कभी-कभी उसके मन में यह सवाल उठता था कि 'हर पुस्तक मैं दो-तीन बार पढ़ता हूँ तो कहीं मुझमें कोई कमी तो नहीं है?' एक दिन वह अपने गुरुजी से मिला और उनके सामने उसने अपनी शंका रखी। गुरुजी ने उसके मन की शंका का समाधान इस प्रकार किया।

गुरुजी ने उससे कहा, 'बार-बार पुस्तक पढ़ना अच्छी आदत है। जैसे मीरा के पास एकतारा था, वैसे तुम्हारे पास पुस्तक है। हर पुस्तक बार-बार इसलिए पढ़नी चाहिए क्योंकि आप सिर्फ अपने लिए ही पुस्तक नहीं पढ़ रहे हैं। लोग इस पुस्तक का अधिकतम लाभ कैसे ले पाएँ, पुस्तक में और कौन सी सूचनाएँ होनी चाहिए,

इन सब पहलुओं पर भी आपको सोचना चाहिए।

अतः आपके मन में उठी इस शंका को दूर करके आपको जब भी मौका मिले, पुस्तक पढ़ते रहना है। जब तक वह ज्ञान आपके खून में नहीं उतर जाता यानी जब तक आपकी ब्लड रिपोर्ट बी + पॉजिटीव (सकारात्मक बनो) नहीं बताती तब तक आपको पुस्तक पढ़ते रहना चाहिए। भविष्य में आपकी ब्लड रिपोर्ट में सिर्फ बी + पॉजिटीव ही नहीं बल्कि सी + पॉजिटीव (see positive) भी आना चाहिए। बी + पॉजिटीव (be positive) के दिन लद गए, अब नई पीढ़ी के लोगों के ब्लड रिपोर्ट में सी + पॉजिटीव (C+ve) आना चाहिए। सी पॉजिटीव (See positive) से लोगों को आश्चर्य होगा। सी पॉजिटीव यानी सकारात्मक देखना।'

दरअसल हमारे समाज में अब सी + पॉजिटीव (see positive) ब्लड ग्रुपवालों की ही ज़रूरत है क्योंकि वे ही खुशी के दान दाता (युनिव्हर्सल डोनर) बन सकते हैं।

खुशी की मुद्रा धारण करें

जब बच्चों की वार्षिक परीक्षा नज़दीक आती है तब कई बच्चे तनावग्रस्त हो जाते हैं लेकिन जिन्होंने पढ़ाई की होती है, वे बच्चे परीक्षा को खुशी के चश्मे से देखते हैं। वे कहते हैं, 'परीक्षा आ रही है, चलो अच्छा है, अब छुट्टियाँ शुरू हो जाएँगी। रोज़-रोज़ स्कूल जाकर पढ़ने से कुछ समय राहत मिलेगी।'

खुशी का चश्मा पहनकर परीक्षा को देखनेवाले बच्चों की छुट्टियाँ तो परीक्षा की समय-सारिणी मिलने के दिन से ही शुरू हो जाती हैं। ऐसे बच्चे ही परीक्षा के पहले खुश होते हैं। अन्य बच्चे तनावग्रस्त रहते हैं इसलिए वे परीक्षा के सवाल भी खुलकर हल नहीं कर पाते। उनका मन कहता है, 'अभी तो मुझे तनाव में ही रहना चाहिए। पहले परीक्षा हो जाए, फिर मैं खुश होऊँगा।' यदि वे उस समय अपने मन को यह बता पाएँ कि 'तुम्हारी छुट्टियाँ शुरू हो चुकी हैं, तुम अभी से ही खुश होना शुरू कर दो' तो वे खुशी से परीक्षा देते और अच्छे ढंग से लिख पाते। फिर खुशी में उन्हें ऐसी बातें सूझतीं, जो पहले कभी नहीं सूझती थीं।

परीक्षा में आनंदित रहनेवाले विद्यार्थियों को ही सही जवाब सूझते हैं, दुः खी विद्यार्थियों को नहीं। दुःखी विद्यार्थी यही सोचते हैं कि 'परीक्षा में कुछ विद्यार्थी कॉपी करके ज़्यादा अंक प्राप्त कर रहे हैं तो हम क्यों न करें?' वे यह नहीं जानते

कि जो कॉपी कर रहे हैं, उनका जीवन को देखने का दृष्टिकोण अलग है। यदि वे विद्यार्थी खुशी से पेपर लिखेंगे, विकास करेंगे, बड़े पद सँभालेंगे तो नए कानून बनेंगे, नई व्यवस्थाएँ होंगी।

अधिकतर माता-पिता परीक्षा के दिनों में अपने बच्चों से कहते हैं, 'परीक्षा नज़दीक आ रही है, पढ़ाई करो, इतने खुश क्यों हो रहे हो?' यदि बचपन से ही उन्हें बताया गया होता कि खुशी से परीक्षा दोगे तो सभी सवालों को सही ढंग से हल कर पाओगे तो वे परीक्षा के दिनों में भी खुश रह पाते। इस प्रकार बचपन से बच्चों पर चारों तरफ से मानसिक अत्याचार हो रहे हैं। उन्हें लगातार अलग-अलग शब्दों में यही बताया जा रहा है कि 'संसार में इतने दुःख हैं फिर भी तुम खुश क्यों हो रहे हो? तुम्हें खुश नहीं होना चाहिए।' लोगों को तर्क से यह बात सही लगती है कि ऐसे संसार में हम कैसे खुश रह सकते हैं? लेकिन **संसार में चाहे कुछ भी हो जाए, हमारा खुश रहना और हर इंसान को खुशी के चश्मे से देखना, यही दुःख, गुलामी और अज्ञान को नष्ट करने का सबसे बड़ा इलाज है।** जो इस बात पर यकीन करता है, वही खुशी की मुद्रा अपनाता है और खुशी के चश्मे से हर इंसान और घटना को देखता है।

खुश रहना आपका मूल स्वभाव है

आपको खुशी का चश्मा कभी नहीं उतारना है। आपको खुश रहने की आदत ही पड़ जाए ताकि आप असल में जो हैं, जो आपका मूल स्वभाव है, वही बन जाएँ। आपको खुश रखने के लिए कोई कुछ करे या न करे, फिर भी आप खुश रह सकते हैं। यह दृढ़ता आना ही एक महत्वपूर्ण पड़ाव है।

'मुझे दुःख में खुश रहना ही है', यह दृढ़ता आते ही आपको जो चाहिए उसके लिए आपको सिर्फ खुश रहना है। यही सबसे महत्वपूर्ण है। आप दुःख में खुश रहने की कला नहीं सीखेंगे तो कभी भी अपनी मंज़िल तक पहुँच नहीं पाएँगे।

दुःख में खुश रहने का यह उपाय सरल ही नहीं बल्कि मन को भी भाता है क्योंकि यह स्वाभाविक है। कोई भी इंसान यह नहीं कहता कि 'मुझे खुश रहना अच्छा नहीं लगता है... गाना गाकर मुझे अच्छा नहीं लगता है... संगीत सुनकर मुझे अच्छा नहीं लगता है...।' दुनिया में कोई भी इंसान ऐसा नहीं कह सकता क्योंकि खुश रहना सभी को पसंद है।

हर इंसान यही कहता है कि 'जब मुझे खुशी होती है तब मुझे अच्छा लगता है।' क्योंकि खुशी प्राकृतिक चीज़ है, संगीत प्राकृतिक है। संसार में हर चीज़ रिदम यानी ताल से चल रही है। जब आप रिदम से बाहर जाते हैं तब डिस-इज (Dis-ease) हो जाते हैं यानी आंतरिक संपन्नता, समृद्धि, आराम, चैन, विश्रांति, सहज भाव, सुख से बाहर हो जाते हैं। फिर आपको डिसीज यानी शारीरिक या मानसिक रोग, व्याधि जकड़ लेते हैं। जब यह समझ आपमें दृढ़ होगी तब आप हर पल खुश रहेंगे। परंतु बीच-बीच में जब आप दुःखी होकर पीतल बनते हैं तब खुशी आपसे दूर चली जाती है।

जब भी आप मैग्नेट बनते हैं तब खुशी आपके साथ ही होती है। अतः आपका मैग्नेट बनने का समय बढ़ता जाए और पीतल बनने का समय कम होता जाए। फिर एक दिन आप कहेंगे कि 'पीतल बनने की, दुःखी रहने की कोई आवश्यकता थी ही नहीं।' इस समझ को दृढ़ करें और खुशी का चश्मा कभी न उतारें, फिर देखें कि क्या चमत्कार होता है। जब परिणाम सामने आएगा तो समझ और दृढ़ होगी। इस तरह घटना दर घटना आपकी समझ दृढ़ होती जाएगी। फिर आपको यह बताने की ज़रूरत नहीं पड़ेगी कि 'खुशी का चश्मा पहनो... इसे मत उतारो...' क्योंकि वह आपका स्वभाव बन जाएगा।

अध्याय-२१

दुःख से आए हुए बल का उपयोग

दुःख आता है आपको जगाने के लिए, न कि दुःखी करने के लिए - इस बात को हमेशा याद रखें। अतः हर घटना को इस तरह देखें कि इस घटना से आया हुआ दुःख वास्तव में आपको बल दे रहा है। दुःख यह बताने आया है कि आपको हर हालात में अकंप रहना है। दरअसल यह दुःख आपकी अविचलित रहने की शुभ इच्छा को बल दे रहा है। दुःख में खुश रहने का तीसरा उपाय है- **दुःख से आए बल का इस्तेमाल करना**। जब भी कोई दुःख आए, कोई आपसे बुरा व्यवहार करे तो उस समय अपने आपसे कहें कि **'यह घटना मेरी शुभ इच्छा को बल देने के लिए आई है।'** जब इंसान की शुभ इच्छा को बल मिलता है तब उसके जीवन में वे चीज़ें आकर्षित होती हैं, जो वह चाहता है।

इंसान के जीवन में दुःख इसलिए आता है ताकि उसकी दुःख मुक्त होने की शुभ इच्छा को बल मिले। इंसान को चाहिए कि वह इस बल का इस्तेमाल करे, न कि यह सोचकर दुःख करता रहे कि मेरे हिस्से में यह दुःख क्यों आया। सब कुछ यदि उसके मन मुताबिक होने लग जाए तो शुभ इच्छा को बल मिलना बंद हो जाएगा और हकीकत यह है कि बिना बल के इंसान के अंदर से प्रार्थना नहीं निकलती, उसके अंतर्मन से पुकार नहीं उठती। इसका अर्थ यह है कि **दुःख, शुभ इच्छा के बल को प्रबल बनाने की व्यवस्था है!**

जब तक कोई चीज़, वस्तु, गुण, सेहत, दौलत इत्यादि आपके जीवन में

प्रकट नहीं होती तब तक उसे प्राप्त करने की इच्छा को बल मिलते रहना चाहिए, यह उसकी शर्त है। इच्छा को बल मिलते ही वह चीज़ प्रकट होती है, जो हम ईश्वर से चाहते हैं। जैसे गैस पर दूध गरम करने के लिए रखा हो और बीच-बीच में गैस बंद कर दिया जाए तो दूध गरम होगा ही नहीं। दूध को गरम होने के लिए उसे निरंतर आँच मिलते रहना आवश्यक है। उसी प्रकार इंसान के जीवन में सब कुछ अच्छा चलता रहे तो उसका मूल कार्य (स्वयं को जानने का कार्य) कभी पूर्ण नहीं होगा, जिसे करने के लिए वह पृथ्वी पर आया है। अतः मूल कार्य की पूर्ति के लिए इंसान को दुःख का बल मिलते रहना आवश्यक है ताकि वह अपने लक्ष्य अनुसार सारे अनुभव प्राप्त कर पाए।

कुदरत का दुःख रूपी जाल

कुदरत दुःख रूपी जाल द्वारा आपको सदा संकेत देते रहती है। आप इन संकेतों को समझकर जीवन जीएँगे तो आपका जीवन सहज, सरल और सुंदर होगा। यह जाल कोई साधारण जाल नहीं है। यह वह जाल है, जो आपकी गलत आदतों, वृत्तियों को जलाता है। समझदार इंसान इस जाल में फँसकर अपनी वृत्तियों को जलाएगा, जबकि नासमझ इंसान इसे जंजाल समझकर इससे बचना चाहेगा।

दुःख आना भी कुदरत का संकेत है। दुःख आना इस बात का संकेत है कि वह आपसे कुछ सुचवाना चाहता है। इंसान को जब कोई दुःख नहीं होता है तब उसे सब कुछ अच्छा-अच्छा लगता है और उसे लगता है कि अब जीवन में कोई दिक्कत ही नहीं है। फलतः उसका मन शुभ इच्छा (असली ज़रूरत) को छोड़कर अन्य चाहतों में भटकने लगता है।

हमेशा एक बात याद रखें कि **जो दुःख इंसान को मार ही नहीं डालता, वह उसे और भी मज़बूत बनाता है, बल देता है।** उस बल के कारण उसके मन में ये सवाल उठने लगते हैं कि 'क्या मैं हमेशा ऐसा ही रहूँगा…? क्या मैं लोगों के दुःखी होने से सदा परेशान होता रहूँगा…? क्या मेरे साथ हमेशा ऐसा ही चलता रहेगा…? क्या बाहरी परिस्थितियाँ ही मेरी खुशी को नियंत्रित करेंगी…?' ये सवाल उठते ही शुभ इच्छा बताएगी कि 'नहीं, ऐसा मेरे साथ अभी हो रहा है मगर भविष्य में मैं ऐसे नहीं रहूँगा/रहूँगी, मुझे इन दुःखों से मुक्त होना ही है।' इस तरह आपकी शुभ इच्छा को ज़बरदस्त बल मिलेगा।

शुभ इच्छा का बल पाकर आप सही प्रार्थना करना शुरू कर देंगे कि 'लोग

कैसे भी रहें, चाहे पूरी दुनिया दुःखी रहे लेकिन मुझ पर या मेरे जीवन पर उस दुःख का कोई असर नहीं होगा, मैं हमेशा खुश ही रहूँगा/रहूँगी। मैं खुश रहूँगा/रहूँगी तो उसका सकारात्मक असर दुनिया पर भी होगा।'

जैसे बॉस के डाँटने पर आपके अंदर जो दुःख निर्माण होता है, उस वजह से आपको लगता है कि 'चाहे कुछ भी हो जाए, मैं हर हालत में अकंप रहना चाहता हूँ।' यह इच्छा आपकी ओर से कुदरत को की गई प्रार्थना है। इसका अर्थ है, खुश रहने की प्रार्थना निरंतरता से करते रहने के लिए हमारे जीवन में दुःख आता है! दुःख आने पर ही आप खुशी के लिए निरंतरता से प्रार्थना करते हैं। उस प्रार्थना का परिणाम तुरंत दिखाई दे या न दे, आपको निरंतर प्रार्थना करनी है। किसी घटना में आपको दुःख हो तो कहें कि 'ठीक है, मुझे इस घटना से सिर्फ बल लेना है।' इस तरह 'दुःख मुझे बल देने आया है', इस सच्चाई पर आपकी दृढ़ता बढ़ेगी, तब आपके जीवन में पूर्ण रूपांतरण आएगा।

हमारे इर्द-गिर्द रहनेवाले लोगों से मनमुटाव होने पर हमें बहुत चोट पहुँचती है और हम दुःखी होते हैं। परंतु ये घटनाएँ हमें किस तरह बल प्रदान करती हैं, इसे समझें।

किसी ने हमसे ठीक से बात नहीं की या परिवार के सदस्यों से कोई अनबन हो गई तो हमारे अंदर ये सवाल उठते हैं कि 'आखिर कब तक हम यूँ ही दुःखी होते रहेंगे? क्या हमारी खुशी लोगों पर निर्भर है? क्या लोग अच्छी-अच्छी, मीठी-मीठी बातें करेंगे तो ही हम खुश हो सकते हैं? यदि ऐसा है तो फिर हम आज़ाद कब होंगे?' तब हमारे अंदर यह तीव्र इच्छा जगती है कि 'चाहे हमारे आस-पास के लोग न सुधरें... चाहे पृथ्वी पर एक भी इंसान न बदले... फिर भी हम खुश रहेंगे।' इस तरह के विचार ही हमें आश्चर्यजनक बल प्रदान करते हैं, जिनका असर कुछ समय बाद हमारे जीवन में दिखाई देता है।

यह सब जानकर हमारे अंदर इस बात पर दृढ़ता आनी चाहिए कि अपनी खुशी के लिए हमें लोगों पर निर्भर नहीं रहना है। यह दृढ़ता ही रंग लाती है। यही इंसान की समझ बढ़ाती है। वरना अज्ञान में लोग यह मानकर बैठे हैं कि 'हम तब खुश होंगे, जब लोग हमारे साथ इस-इस तरह से व्यवहार करेंगे।' अब यह गलतफहमी जल्द से जल्द दूर होनी चाहिए।

अध्याय-३०

बल में सूक्ष्म गलतियाँ पहचानें

घटनाओं से आनेवाले बल को प्राप्त करने में इंसान से कभी-कभी सूक्ष्म गलतियाँ हो जाती हैं। जैसे किसी ने आपकी आलोचना की और वह बात आपको तीर की तरह चुभ गई। तब आपको लगता है कि 'कब तक मैं लोगों के व्यवहार से इस तरह दुःखी होता रहूँगा? अब मुझे इन सबसे बाहर आना है।' यह विचार आते ही आपकी शुभ इच्छा में बल आ जाता है और इस बल का फल आपकी तरफ आना शुरू हो जाता है। यह सब अदृश्य में घटित होता रहता है, जिसका इंसान को ज्ञान नहीं होता।

परंतु दूसरे ही पल इंसान के मन में फिर से यह विचार आता है कि 'फलाँ-फलाँ ने मुझे ऐसा क्यों कहा?' बस... यहीं पर उससे गलती हो जाती है। ऐसा सोचकर वह फिर से नकारात्मक दृश्य की तरफ चला जाता है। नकारात्मक दृश्य पर ध्यान लगाते ही भावना दुःखद हो जाती है। इसलिए बल के फल को जीवन में आने तक बीच में जो खाली समय है, उसमें आपको खुद को सँभालना है। इसी समय में सही बीज डालने का कर्म करना है, साथ ही मन को अकंप रखना है।

इसे ऐसे समझें कि एक बार घटना से बल प्राप्त कर लेने के बाद वापस उस घटना की तरफ देखना नहीं है। यदि आप वापस उस घटना को देखेंगे तो उससे मिलनेवाला बल खत्म हो जाएगा क्योंकि दुःख पुनः परेशान करने लगेगा। इसलिए अपने अंदर यह दृढ़ता लाएँ कि घटना को देखना ही है तो बल प्राप्त करने के लिए

देखना है वरना देखना ही नहीं है।

घटनाओं से सीख प्राप्त करके हमें बलवान बनना है। यह इतनी सूक्ष्म बात है कि इसमें हर एक से गलती हो जाती है। इसलिए आपको अपने अंदर ऐसी तैयारी करके रखनी है कि हर घटना से बल प्राप्त करने के बाद उस घटना के नकारात्मक पहलू की तरफ फिर से देखना नहीं है। यह सहज भी है और सरल भी इसलिए इंसान इसे आसानी से भूल जाता है।

जैसे, आपने कोई पहेली हल की तो पहेली का हल आपको उस समय याद रहता है मगर सरलता की वजह से आप कुछ दिन बाद भूल जाते हैं कि आपने पहेली का हल कैसे निकाला था। अब वापस अपने अंदर वह सहजता लाएँ। ऐसा यकीन हरगिज़ न रखें कि हमारे काम बड़ी कठिनाई से, बहुत लड़-झगड़कर ही पूरे होते हैं बल्कि यह सोच रखें कि 'सब कुछ बहुत आसान है।' इसे याद रखने के लिए हर घटना में अपनी समझ की पूछताछ ईमानदारी के साथ करें। हर घटना में अपनी भावनाओं को जाँचें और दुःख देनेवाली घटनाओं से बल प्राप्त करें।

बल प्राप्त न होने के दो कारण

अब सवाल यह उठता है कि आखिर इंसान दुःख देनेवाली घटनाओं से बल प्राप्त क्यों नहीं कर पाता? दो कारणों की वजह से इंसान दुःख देनेवाली घटनाओं से बल प्राप्त नहीं कर पाता।

पहला कारण है, इंसान को दुःख का बटन दबाने, प्रतिरोध करने, स्पीड ब्रेकर लगाने की आदत हो चुकी है। अतः उसके जीवन में दुःख का मुक्त बहाव (फ्री फ्लो) नहीं हो पाता। वह अपने दुःख को किनारा देकर दुःख की नदी बना रहा है। आज़ादी का फ्री फ्लो सभी को पसंद आता है मगर दुःख का भी फ्री फ्लो होना चाहिए यह बात लोगों को मालूम नहीं है। नमक भी जब जम जाता है तब आपको अच्छा नहीं लगता, आप चाहते हैं कि फ्री फ्लो हो। उसी प्रकार प्रतिरोध की वजह से दुःख का भी जब फ्री फ्लो नहीं होता है तब इंसान अपने ही पाँव पर कुल्हाड़ी मारता है और यह उसे पता भी नहीं चलता। अब आपको सिर्फ इतना ही करना है, दुःख का प्रतिरोध करना बंद करना है, उसे अस्वीकार करना बंद करना है। तब आपको दुःख, दुःख नहीं लगेगा बल्कि दुःख को स्वीकार करने से बल प्राप्त होगा।

दूसरा कारण है, इंसान का अज्ञान। इंसान जानता ही नहीं कि दुःख जीवन में

बल लाता है, जिसे हमेशा प्रबल बनाए रखने की ज़रूरत है। दुःख आए तो लोग, 'दुःख आया है, निराशा आई है, उदासी आई है', ऐसे शब्द इस्तेमाल करते हैं और अपने ही शब्दों के जाल में फँस जाते हैं। लोगों को जब समझ में नहीं आता कि अपने भावों को क्या नाम दें, तब वे अपने द्वारा कहे भारी-भरकम शब्दों में खुद ही फँस जाते हैं। जैसे मकड़ी अपने ही मुँह से जाल निकालती है और उसी जाल में स्वयं फँस जाती है। अतः शब्द बोलने से पहले इंसान को सोचना चाहिए कि दुःख आए तो क्या कहना चाहिए? निराशा आई है, उदासी आई है कहने की बजाय बल आया है, विकास आया है, जोकर आया है, फिडबैक आई है, ईश्वर का बुलावा, निमंत्रण, संदेश आया है, यह कहना चाहिए।

दुःख को यदि आप जोकर समझेंगे तो समझ जाएँगे कि इस पृथ्वी रूपी सर्कस में हम आए हैं तो प्रतिपल ऐसे जोकर यानी तथाकथित दुःख आते ही रहेंगे। हमें उससे आनंद लेना सीखना है न कि दुःखी होकर आँसू बहाने हैं।

दुःख को यदि आप ईश्वर का बुलावा, संदेश या निमंत्रण के रूप में लेंगे तो वह दुःख भी आपको आनंद ही देगा। क्योंकि दुःख के माध्यम से ईश्वर आपको अपनी ओर खींच रहा है।

दुःख हमें दुःख देने के लिए नहीं आता है बल्कि हमें आनंद प्रदान करने के लिए निमित्त बनता है। हर घटना हमें बल देने के लिए आती है। अतः हमें उस बल का योग्य इस्तेमाल कर दुःख से मुक्त होना है।

अध्याय-३१

बुद्धिबल, मनोबल, आत्मबल बने प्रबल

दुःख में खुश रहने का पाँचवाँ उपाय है- **हर बल यानी बुद्धिबल, मनोबल और आत्मबल प्रबल बनाना।** ये तीन बल प्रबल हो जाएँ तो हर दुःख में खुश रहा जा सकता है। इन तीन बलों का विकास होने पर ही रचनात्मकता, एकाग्रता, मौन और समाधि का अभ्यास होता है। हम एक-एक करके तीनों बलों के बारे में विस्तार से समझेंगे।

१. बुद्धिबल

सबसे पहले अपने बुद्धिबल को कैसे बढ़ाना है, इसे समझें। विवेक और बुद्धिबल से आप कठिन से कठिन निर्णय चुटकियों में ले सकते हैं। बुद्धिबल प्राप्त करने पर इंसान न सिर्फ समस्याओं को सुलझा सकता है बल्कि ईमानदारी से अपनी पूछताछ करके खुद को जानने का कार्य भी पूरा करता है। इंसान को अपना बुद्धिबल इसलिए भी बढ़ाना चाहिए ताकि ज़्यादा से ज़्यादा लोगों को इसका लाभ मिल पाए।

कभी-कभी बुद्धिबल होते हुए भी लोग अज्ञान में विवेकहीन होकर बुद्धि का गलत इस्तेमाल करते हैं। जो इंसान बुद्धि का इस्तेमाल मात्र पैसे कमाने, लोगों को ठगने के लिए करता है वह बुद्धि का निम्न उपयोग करता है। अशुद्ध बुद्धिवाला बुद्धिमान, बहानों को प्राथमिकता देने में बुद्धि का इस्तेमाल करता है। इसे एक उदाहरण से समझेंगे।

किसी बगीचे के बाहर एक बोर्ड लगा हुआ था, 'यहाँ फूल तोड़ना मना है।' यह पढ़कर एक लड़का वहाँ से पूरा पौधा ही उखाड़कर ले गया। फिर किसी के पूछने पर उसने जवाब दिया, 'मैंने फूल कहाँ तोड़ा है, मैंने तो पौधा उखाड़ा है। यहाँ ऐसा तो नहीं लिखा है कि पौधा उखाड़ना मना है।'

यहाँ पर वह लड़का सभी को फूल (fool) बनाने की कोशिश कर रहा है लेकिन वह यह नहीं जानता कि ऐसा करके वह अपने जीवन में फूल नहीं, काँटे बो रहा है। अब आप सोच सकते हैं कि उस लड़के का दिमाग कितना तेज़ है लेकिन उसने अपने बुद्धिबल का इस्तेमाल गलत तरीके से किया। पूरा पौधा उखाड़कर उसने बगीचे की सुंदरता बिगाड़ने के साथ-साथ नियमों का उल्लंघन भी किया।

अब समझें कि हमें अपनी बुद्धि के विकास के लिए क्या करना चाहिए। बुद्धि को प्रबल बनाने के लिए पहली महत्वपूर्ण बात है- इंसान को हरदम सजग रहकर बुद्धि का उपयोग करना चाहिए। इसके लिए इंसान को प्रज्ञावान लोगों के संघ में रहना चाहिए। प्रज्ञावान लोगों की बातें सुनकर, उनके कार्य करने का तरीका देखकर बुद्धि खिल-खुल जाती है। किसी की गगन-चुंबी उड़ान देखकर हमें भी उड़ने की प्रेरणा मिलती है।

दूसरी महत्वपूर्ण बात है- बुद्धि को मलिन होने से बचाना चाहिए। बुद्धि को मलिन होने से बचाने के लिए इंद्रियों पर संयम रखना ज़रूरी है। साथ ही नियमित रूप से धार्मिक तथा आत्मविकास में मदद करनेवाली पुस्तकों का पठन करना चाहिए। बुद्धि को कुशाग्र बनाने के लिए इंसान को लोगों की समस्याएँ सुलझाने में मदद करनी चाहिए। सेवा से अपने अंदर के गुणों को अभिव्यक्त करना चाहिए। बुद्धि का बेहतरीन उपयोग होने के लिए व्यर्थ की बातों में समय नहीं गँवाना चाहिए। खाली समय में पुनर्विचार करना चाहिए कि अब तक जिस तरीके से जीवन चल रहा है, क्या उसमें कोई बदलाहट लाने की आवश्यकता है? यदि बदलाहट की आवश्यकता है तो तुरंत उस कार्य को अंजाम देना चाहिए। नए प्रयोग और काम करने के नए तरीके इस्तेमाल करने चाहिए। अपने विचारों को सकारात्मक बनाना चाहिए और नकारात्मक विचारों से अनासक्त होकर उन्हें देखने की कला सीखनी चाहिए। इस तरह बुद्धि का सर्वांगीण विकास करके विश्व की बड़ी ज़िम्मेदारियाँ लेनी चाहिए।

२. मनोबल

किसी घटना में आप बहुत ज़्यादा दुःखी हो रहे हैं तो आपका दुःखी होना

ही यह दर्शाता है कि आपका मनोबल टूट चुका है। आपको अपने मनोबल को प्रबल बनाने की आवश्यकता है। उच्च मनोबल की बदौलत इंसान का मन अकंप हो जाता है। फिर किसी भी घटना में वह नहीं हिलता। इसके विपरित यदि मन अकंप नहीं है तो दरवाज़े की घंटी बजने पर भी हिल जाता है। घंटी की आवाज़ सुनकर अंदर तुरंत नकारात्मक संवाद शुरू हो जाते हैं कि 'अब फिर एक नई मुसीबत आ गई... बेवक्त अनचाहे मेहमान आ गए... पता नहीं कब जाएँगे?' इत्यादि। कंपित मन किसी भी घटना में तुरंत हिल जाता है। ऐसा मन हमेशा दुःख को ही आमंत्रित करता है इसलिए अपने मनोबल को प्रबल बनाना चाहिए।

मनोबल को बढ़ाने के लिए जिस तरह कपड़ों से मैल निकालकर उन्हें साफ किया जाता है, उसी प्रकार अपने मन से मैल निकालकर मन को स्वच्छ तथा पवित्र बनाना चाहिए।

मनोबल बढ़ाने के लिए आपको अपने जीवन की हर घटना की कीमत तय करनी होगी। बुद्धि ही हर घटना की कीमत निर्धारित करती है। इसलिए जिस घटना को जितनी कीमत देनी चाहिए, उसे उतनी ही कीमत दें, उससे ज़्यादा नहीं। स्वयं से पूछें कि 'इस घटना की कीमत कितनी?' यदि जवाब आए कि 'इस घटना की कीमत दस मिनट दुःखी होना है' तो फिर आपको दस मिनट ही दुःखी होना है, उससे ज़्यादा नहीं। फिर कुछ दिनों बाद आप देखेंगे कि दस मिनट के पहले ही वह दुःखद भावना चली गई। इसका अर्थ है कि उस घटना के लिए दस मिनट दुःखी होना भी ज़्यादा है। ऐसा करते-करते आप देखेंगे कि एक दिन ऐसा आएगा कि नकारात्मक घटना होने के बाद मात्र घड़ी देखते ही आपका दुःख विलीन हो गया। इस तरह मनोबल बढ़ने के बाद हर तूफान में अकंप रहते हुए आप सही निर्णय ले पाएँगे।

मनोबल बढ़ाने के लिए आपको अपने मन की अलग-अलग अवस्थाओं को जानना है। मन की चाहत और अवस्था हर पल बदलती रहती है। कंपित मन का स्वभाव है अशांति। आप देखेंगे कि कभी मन व्याकुल है तो कभी खुश है। कभी गुस्से में है तो कभी लोभ, लालच से रंजित हो रहा है। कभी डरा व सहमा हुआ है तो कभी परेशान व चिंतित है। कभी किसी के प्रति नफरत और घृणा से भरा है तो कभी अपराध-बोध से भरा हुआ है। कभी अहंकारी तो कभी इच्छाधारी है। कभी कपटी तो कभी तार्किक है। कभी तोलू तो कभी कल्पनाओं का दास बना बैठा है। कभी नशे में तो कभी उत्तेजित है। जब आप अपने मन की इन अलग-अलग अवस्थाओं को जानने लगेंगे तब आप अपना मनोबल आसानी से बढ़ा पाएँगे।

मनोबल बढ़ने से जीवन में अमन और शांति फैलेगी। आत्मनिरीक्षण द्वारा जब आप मन की सच्चाई देखने लगेंगे तब मन ज्ञान लेने और कपट मुक्त होकर आत्मनिरीक्षण करने के लिए तैयार हो जाएगा।

३. आत्मबल

बिना आत्मबल के दया, करूणा, अहिंसा और प्रेम धोखा है। आत्मबल से काम-क्रोध, लोभ-मोह और अहंकार रूपी राक्षस पराजित किए जा सकते हैं।

हमें जो शक्तियाँ बाहर से मिलती हैं, वे जल्द ही खतम भी हो जाती हैं मगर हमारे अंदर एक ऐसी शक्ति है, जिसका जितना ज़्यादा इस्तेमाल होता है, वह उतनी ही बढ़ती जाती है। वह शक्ति है- आत्मशक्ति यानी आत्मबल।

आत्मबल बढ़ाने के लिए आपको निर्णय लेने की शक्ति पर काम करना है। किसी दिन यदि आप किसी महापुरुष का आत्मचरित्र पढ़ने का निर्णय लेते हैं तो इसका अर्थ है आपने आत्मविकास करने का निर्णय लिया है। किसी दिन आप व्यायाम करने का निर्णय लेते हैं तो इसका अर्थ है आपने स्वस्थ जीवन जीने का निर्णय लिया है। किसी दिन आपने सत्संग में जाने का निर्णय लिया है तो इसका अर्थ है कि आपने सत्य सुनने का निर्णय लिया है। इन निर्णयों पर डटे रहने से आत्मबल में बढ़ोतरी होती है।

आपके छोटे-छोटे निर्णय आपके आत्मबल को बढ़ाते हैं। हर निर्णय के साथ आप आत्मविश्वास की मीनार में एक-एक ईंट जोड़ते हैं। हर निर्णय पर काम करके आप मीनार के शिखर की ओर अग्रसर होते हैं। जब आप सही निर्णय लेते हैं तब ज़िंदगी में बहुत कुछ सही होने लगता है। सत्य-संग, पुस्तक-पठन और व्यायाम की जगह आप उस समय टी.वी. के प्रोग्राम भी देख सकते थे मगर आपने सत्य पर चलने का, विकास करने का निर्णय लिया है तो आप खुद-ब-खुद इन मायावी आकर्षणों से दूर रहेंगे। ये निर्णय निरंतर लेते रहें और अपना आत्मिक बल बढ़ाते जाएँ।

आत्मबल बढ़ते ही इंसान बड़े-बड़े कार्य धीरज और सभी का मंगल सोचकर कर पाता है। उसके मन में ऐसे विचार उठते हैं कि उसे जो ज्ञान मिला है, वह सभी को कैसे मिले। अव्यक्तिगत जीवन जीनेवाले कभी भी अपने अंदर आत्मबल की कमी महसूस नहीं करते। दूसरों की सेवा में दिन-रात कार्य करनेवाले साहस और निडरता से जीते हैं। यदि उन्हें डर महसूस भी हो तब भी वे अपना कार्य बीच में नहीं

छोड़ते।

यदि आप में आत्मबल की कमी है तो सोचें कि 'क्या मैं अव्यक्तिगत जीवन जी रहा हूँ? दूसरों के लिए मैं ऐसा क्या कर रहा हूँ, जो निःस्वार्थ और अव्यक्तिगत है?' इन सवालों के जवाब पाने से आपका आत्मबल बढ़ने लगेगा। आत्मबल प्राप्त करके आप दुःख-सुख के पार स्थितप्रज्ञ अवस्था में पहुँच जाएँगे। आप यह जान जाएँगे कि आपकी ज़िंदगी किस लिए है, किस महाजीवन से जुड़ने के लिए है।

अध्याय-३२

सदा कार की स्क्रीन साफ रखें

इंसान के जीवन में जो समस्याएँ या तकलीफें उसे दिखाई दे रही हैं, वे वास्तव में फल, उपहार, सीढ़ी, सीख और चुनौती हैं लेकिन इंसान उसे समझ नहीं पाता। यह समझ प्राप्त कर **अपने जीवन के कार की स्क्रीन को साफ करना ही दुःख मुक्ति का छठा उपाय है।**

इसे ऐसे समझें कि यदि विषम परिस्थितियों का तूफान इंसान को मज़बूत बनाता है तो यह 'मज़बूती' उसके लिए कितना बड़ा उपहार है। वे परिस्थितियाँ आपके जीवन में नहीं आतीं तो आपका मन कभी फौलादी नहीं बनता। परंतु इंसान इस तरह सोच नहीं पाता।

इंसान के पास यह ज्ञान होता तो उसे परेशानी के अंदर छिपा उपहार दिखाई देता। यह ज्ञान न होने के कारण इंसान नकारात्मक दिखाई देनेवाली घटनाएँ देखकर दुःखी होता है। जैसे कोई रिश्तेदार गुजर गया, कोई मित्र बीमार हो गया, नौकरी में बढ़ोतरी नहीं हुई, नौकरी से निकाल दिया गया, बेटा अनुत्तीर्ण हो गया... इत्यादि। अगर इंसान पीछे मुड़कर घटनाओं का मुआयना करे तो उसे पता चलेगा कि जिन घटनाओं को वह परेशानी समझ रहा था, वास्तव में वे उसे उपहार दे चुकी हैं। सब कुछ दिव्य योजना अनुसार चल रहा है फिर भी बिना वजह वह कितना परेशान हो रहा था।

जिन लोगों की ज़िंदगी में समस्या आती ही नहीं, वे लोग बुद्धू के बुद्धू ही रह

जाते हैं। जिनकी ज़िंदगी में समस्याएँ आती हैं, वे ही संपूर्ण विकास कर पाते हैं।

हर समस्या का हल उस समस्या के अंदर ही छिपा होता है। समस्याएँ सुलझाने से समस्या के अंदर छिपे हुए हल को पकड़ने की सजगता और कला इंसान के अंदर विकसित होने लगती है।

यही नया नज़रिया, नया दृष्टिकोण आपको संपूर्ण विकास करने के लिए दिया जा रहा है यानी सत्य देखने का दृष्टिकोण आपको उपहार स्वरूप दिया जा रहा है। समस्या को दूर करने का व्यायाम करने के साथ आपको एक महा उपहार भी मिलेगा। इस उपहार की विशेषता यह है कि उसे आप जितना परखेंगे, उतना आपका आनंद बढ़ता जाएगा।

इसे ऐसे समझें कि आपको आज तक जन्मदिन, त्योहार, शादी-ब्याह पर बहुत सारे उपहार मिले होंगे। याद करें कि उन उपहारों को खोलते वक्त आपको कितना आनंद महसूस हुआ था। परंतु दूसरे दिन फिर से उस उपहार को देखकर क्या आपको उतनी ही खुशी हुई, जितनी पहली बार हुई थी? इसी तरह तीसरे दिन फिर से वही उपहार खोलेंगे... चौथे दिन फिर से उसे खोलेंगे... धीरे-धीरे आप देखेंगे कि आपकी खुशी कम-कम होती जा रही है और एक दिन आप देखेंगे कि आपको लगता ही नहीं कि वह उपहार आपको मिला है।

हरेक के साथ ऐसा ही होता है मगर यदि आप समस्या के मूल स्थान पर जाएँगे तो आपको एक ऐसा उपहार मिलेगा, जिसे जितनी बार आप खोलकर देखेंगे, उतनी बार आपका आनंद बढ़ता ही जाएगा। हर दिन आपकी खुशी बढ़ती जाएगी। ऐसा महा उपहार आपको मिल सकता है।

यह महा उपहार हमारे विचारों के पीछे मौजूद है, जिसे देखने के लिए जीवन के कार की स्क्रीन साफ होनी चाहिए। वही समझ आपको दी जा रही है ताकि आप जीवन के कार की स्क्रीन साफ करके जल्द ही सच्चे विकास की सीढ़ी चढ़ पाएँ।

समस्या को ईश्वरीय गुणों की अभिव्यक्ति का मौका समझकर पार करें। इससे आपको पता चलेगा कि जो घटनाएँ रोज़ के जीवन में नहीं होतीं, कभी-कभार ही होती हैं, उन घटनाओं की वजह से ही आपका मनन हो पाता है। वरना आप कभी मनन नहीं करते। अतः जीवन के धक्के का स्वागत करें। क्योंकि वे हमें कुछ सिखाने आते हैं और समस्या इंसान को दुनिया से भगाने नहीं, जगाने के लिए आती है।

आप एक बहुत बड़ा लक्ष्य (स्वयं को जानने का लक्ष्य) लेकर इस दुनिया में आए हैं। समस्याओं में अटककर कहीं उस लक्ष्य को भूल न जाएँ। जब आपके मन में यह सवाल आता है कि 'मुझे यह समस्या क्यों अटका रही है?' तब उसे निमित्त समझें, साधन समझें।

प्रार्थना की शक्ति

समस्या आने पर उसका निवारण करने के लिए इंसान को जो ईश्वरीय शक्ति दी गई है, वह है प्रार्थना। अगर आपके पास प्रार्थना की ऐसी अद्भुत शक्ति है तो उस शक्ति का इस्तेमाल करना सीखें। कहीं ऐसा न हो कि अलादीन का चिराग आपके पास ही पड़ा है और आप उसका इस्तेमाल ही नहीं कर रहे हैं।

यदि आपके जीवन में कोई ऐसी समस्या है, जिसे आप कई दिनों से हल करने की कोशिश कर रहे हैं लेकिन प्रार्थना करने पर भी असफल हो रहे हैं। और आपको समझ में ही नहीं आ रहा है कि इस परिस्थिति का सामना कैसे करें तो ऐसे समय पर अपने आपसे यह सवाल पूछें कि 'इस समस्या से मुझे कौन सी सीख प्राप्त करनी है?' समस्या जो सबक सिखाने आई है, वह सबक सीखें। वास्तव में समस्या हल करना आपके जीवन का लक्ष्य नहीं है बल्कि उससे जो सबक मिलते हैं, वह सीखना आपका लक्ष्य है।

समस्या को कैसे देखें

आज की समस्या को आप इस तरह देखें जैसे दस साल के बाद आप उस समस्या को देखेंगे। इस तरह देखने से आपको वह समस्या बहुत छोटी लगेगी। यानी इस समस्या को आप दस साल के बाद जिस तरह देखेंगे उसे अभी देखना सीखें।

जैसे, स्कूल में पढ़ते समय आपने परीक्षा का कितना तनाव लिया था। अब सोचेंगे तो लगेगा कि उतना तनाव लेने की कोई ज़रूरत ही नहीं थी। जब हम किसी समस्या से होकर गुजर जाते हैं तब हमारा उसकी ओर देखने का नज़रिया बदल जाता है।

हर समस्या में हल, फल, सीढ़ी, सीख और चुनौती ये पाँच बातें होती हैं मगर ये पाँचों बातें इंसान को बाद में पता चलती हैं। आज आपके जीवन में जो भी समस्या है, वह कुछ सालों बाद या कुछ समय बाद सुलझ जाएगी। कुछ सालों बाद आप जिस दृष्टिकोण से उस समस्या को देखेंगे, क्या आज उसी दृष्टिकोण से देखना संभव है? हाँ, आप आज भी उसी दृष्टिकोण से देख सकते हैं, सिर्फ आपके

जीवन के कार की स्क्रीन साफ होनी चाहिए।

समस्या में यह मनन होना महत्वपूर्ण है कि कौन सी बातें धुँधली हो गई हैं? किन बातों की स्पष्टता नहीं है? क्योंकि समस्या आपसे होमवर्क करवाने के लिए आती है। जब तक आप अपने सबक नहीं सीखते तब तक आपके जीवन में वह समस्या बार-बार आती रहती है। इसलिए जल्द से जल्द अपने सबक सीखकर आगे बढ़ें।

अध्याय-३३

****

आप बस खुश हो जाएँ

हर इंसान असली खुशी का पासवर्ड तलाश रहा है। वह धन-दौलत, मान-सम्मान, पद-प्रतिष्ठा, नाम-शोहरत, सुख-सुविधा, घटिया मनोरंजन में ही असली खुशी ढूँढ़ रहा है। ये रास्ते असली खुशी पाने के नहीं हैं बल्कि **खुशी खुद ही असली खुशी पाने का रास्ता है**। दुःख में खुश रहने का आठवाँ उपाय यही संदेश देता है। अतः प्रतिदिन बीच-बीच में खुद को ये पंक्तियाँ याद दिलाएँ कि **'खुशी पाने का कोई रास्ता नहीं है, खुशी खुद रास्ता है** (There is no way to happiness, happiness is the only way). **'खुशी पाने की कोई दवा नहीं है क्योंकि खुशी खुद दवा है'** (There is no medicine to happiness because happiness is the only medicine).

निरंतरता से इन पंक्तियों को याद रखने और बीच-बीच में दोहराने से फिर आप अपने अनुभव से कहेंगे कि 'अरे, असली खुशी पाने की यही तो दवा है, मुझे सदा खुश रहना ही चाहिए।' खुशी ही खुशी को पाने का सबसे बेहतर और अमूल्य इलाज है, साथ ही यह इंसान को कुदरत द्वारा मिली हुई सौगात भी है। अब आप समझ चुके होंगे कि दुःख में खुश क्यों रहना चाहिए।

खुशी तो सदा से इंसान के अंदर है ही। उसे पाने के लिए किसी थिएटर में या किसी बगीचे में जाने की आवश्यकता नहीं है। नौकरी में प्रमोशन होने का इंतज़ार करने की या किसी की शादी होने का इंतज़ार करने की आवश्यकता नहीं है बल्कि

अपने आपको सिर्फ यह याद दिलाने की आवश्यकता है कि 'खुशी पाने का कोई रास्ता नहीं है, खुशी खुद रास्ता है।' इंसान के अंदर खुशी होने के बावजूद भी वह उसे नहीं मिल रही है क्योंकि वह खुश रहना भूल गया है, उसने अपनी मान्यताओं को सच मान लिया है।

असली खुशी प्राप्त करें

अब असली खुशी और मान्यताओं की आँख-मिचौली किस तरह चलती है, इसे समझें।

जब आप रात को गहरी नींद में होते हैं तब आप स्वअनुभव में यानी असली खुशी में होते हैं। मगर जैसे ही सुबह आपकी आँख खुलती है तो आप उस स्वअनुभव से बाहर आ जाते हैं और असली खुशी को भूल जाते हैं। सुबह आँख खुलते ही विचारों के डाकू आपके अंदर घुस आते हैं और आपकी खूबसूरत सुबह को नकारात्मक विचारों में परिवर्तित कर देते हैं। आप जानते हैं कि मेले में डाकू घुस आने पर क्या होता है। ऐसा दृश्य आपने फिल्मों में देखा होगा कि किस तरह डाकू मेले में घुसकर सब कुछ तहस-नहस करके चले जाते हैं। जैसे, आज का दिन तो कुछ खास नहीं है... बोर लग रहा है... फलाँ-फलाँ इंसान ने मेरा यह काम नहीं किया... मुझे ही सब कुछ करना पड़ता है... यह रोज़-रोज़ की झंझट पता नहीं कब खत्म होगी... सिर में दर्द हो रहा है... कब मुझे इन सबसे छुटकारा मिलेगा... ऑफिस, कॉलेज अथवा घर में इतना काम है और मेहमानों को भी आज ही आना था... इत्यादि। इन सारे विचारों से आपकी खुशी ध्वस्त हो जाती है। फिर इन विचारों से दिनभर जो तोड़-फोड़ होती है, उसकी दुरुस्ती करने में आप लग जाते हैं और पूरा समय उसी में गँवा देते हैं। ऐसी अवस्था में असली खुशी, असली आनंद की याद आए इसके लिए दिन में बीच-बीच में हृदय से खुश हो जाएँ, अपने मूल स्वभाव को याद करें। खुशी पाने के लिए किसी कारण की आवश्यकता नहीं होती। बस! खुश हो जाएँ। इसके लिए आप आँखें बंद करके आगे दिया गया प्रयोग करके देखें।

- सबसे पहले एक मिनट के लिए अपनी आँखें बंद करके बैठें और अपने जीवन के कुछ ऐसे क्षण देखें, जहाँ आप बहुत खुश थे। (कुछ क्षण उपरांत)
- अब वह दृश्य सामने लाकर, उस समय उठे हुए भावों का स्मरण करें।

- फिर उस मूल्यवान खुशी के क्षण को सभी इंद्रियों द्वारा महसूस करें।
- अब सोचें कि आप जिस वक्त खुश हुए थे, क्या उसके पीछे कोई कारण था? क्या उस समय कोई घटना घटी थी, जिस वजह से आप खुश थे? कोई न कोई कारण आपके सामने आएगा, जिस कारण आप खुश हुए थे।
- अब इनमें से कारणों को निकाल दें तो आपने पाई असली खुशी।
- अब धीरे-धीरे अपनी आँखें खोलें।

आपको जिस भी कारण से आनंद आया था- जैसे लॉटरी लगी थी... प्रमोशन मिला था... कोई करीबी दोस्त मिला था... पहाड़ों पर घूमने गए थे... वह कारण हटा दें। जो खुशी आप महसूस कर रहे थे, वही खुशी अगर बिना कारण आपको मिल जाए तो कैसा होगा? वही खुशी जब चाहें बिना कारण प्राप्त कर पाएँ तो आपका जीवन कैसा होगा? आपका जीवन सीधा, सरल व शक्तिशाली होगा।

आपकी खुशी दूसरों पर निर्भर न हो

जो खुशी कारणों पर निर्भर होती है, वह स्थायी खुशी नहीं होती है। यदि कोई ऐसा सोचे कि 'फलाँ-फलाँ रिश्तेदार सुधर जाएँ तो हम खुश होंगे... कंपनी में काम करनेवाले कर्मचारी ठीक से काम करें तो हम खुश होंगे... सरकारी नेता और कर्मचारी ईमानदार हो जाएँ तो हम खुश होंगे...।' अर्थात उसकी खुशी दूसरों पर निर्भर है और भविष्य की कोख में है। हालाँकि खुश होने के लिए इतना इंतज़ार करने की आवश्यकता नहीं है। आप अभी खुश हो सकते हैं। दूसरों पर निर्भर रहकर मिलनेवाली खुशी तो अस्थायी और खतरनाक होती है। इसे आगे दिए गए उदाहरण से समझें।

एक इंसान ने कहा, 'मेरे मित्रों ने व्यायाम करना शुरू किया है इसलिए मैं भी अब नियमित रूप से व्यायाम करता हूँ।' अब यह अच्छी बात है कि उस इंसान ने नियमित व्यायाम करना शुरू किया है मगर वह नहीं जानता कि वह खतरे में है क्योंकि उसका व्यायाम करना मित्रों पर निर्भर है। भविष्य में यदि उसके मित्र व्यायाम करना छोड़ देंगे तो संभावना है कि वह इंसान भी व्यायाम करना बंद कर दे।

आपकी खुशी कई बार घर के सदस्यों की खुशी पर निर्भर होती है तो यह

भी खतरनाक है। यदि आप सोचेंगे कि 'मेरे घर के सभी सदस्य खुश रहेंगे तो ही मैं खुश रहूँगा' तो फिर आप खुशी पाने का केवल इंतज़ार ही करते रह जाएँगे क्योंकि लोग आपके हिसाब से खुश नहीं होंगे। जब तक स्थायी खुशी नहीं मिलती तब तक हर एक की खुशी की परिभाषा अलग-अलग होती है। किसी को भीड़ में रहकर खुशी महसूस होती है, किसी को शांति में। किसी को स्वादिष्ट भोजन करने से खुशी मिलती है, किसी को भोजन बनाने से। हर एक अपनी खुशी की तलाश अलग-अलग जगह पर कर रहा है।

इंसान परिवार के सदस्यों को खुश करने के लिए क्या-क्या नहीं करता! वह उन्हें सारी सुख-सुविधाएँ बहाल करता है फिर भी वे खुश नहीं होते क्योंकि इंसान खुद भी नहीं जानता कि परिवार के सदस्य किस तरह खुश होंगे। इस तरह वह ज़िंदगीभर लोगों को खुश करने में ही लगा रहता है और उनके खुश न होने पर स्वयं दुःखी होता है।

घरवालों को खुश करने से पहले स्वयं आप खुश हो जाएँ। यही सबसे मज़ेदार बात है कि यदि आप खुश हो गए तो परिवार के सदस्यों की खुश होने की संभावना खुलेगी। यह बात इतनी सरल है कि लोग इसे जल्द ही भूल जाते हैं। उसकी सरलता ही उसकी कठिनाई है, उलझन है। खुश रहने का सूत्र इतना सरल है कि इससे कुछ होगा, ऐसा लगता ही नहीं। खुशी प्राप्त करने के लिए अपना होना ही काफी है। आनंद प्राप्त करने के लिए आप हैं, यही काफी है।

मरते वक्त जब किसी की साँस अटकती है तब उसे पता चलता है कि वह जी रहा था, उसकी साँस चल रही थी। वरना इंसान को पता ही नहीं होता है कि वह ज़िंदा है। इंसान ज़िंदा है, यह खुशी का कितना बड़ा कारण है मगर उसकी मान्यताएँ उसे खुश नहीं होने देतीं। मान्यताएँ कहती हैं, 'इसमें कौन सी बड़ी बात है? सभी तो ज़िंदा हैं।' मगर ज़िंदा होना क्या चीज़ है? ऐसी क्या बात है, जिसकी वजह से हमें यह शरीर चलते-फिरते दिखता है? ऐसी क्या बात है जिसकी वजह से यह शरीर बोलता, सोचता, हँसता, रोता, गाता है? बुलबुल गीत गाती है तो ऐसी कौन सी चीज़ उसके अंदर है? उसके अंदर ऐसा क्या हुआ है? क्या वह आपके साथ नहीं हुआ है?

अपने आप से यह सवाल पूछें कि 'ऐसे कौन से नकारात्मक विचार मेरे अंदर

काम कर रहे हैं, जो मुझे गीत गाने से रोक रहे हैं?' कुछ तो ऐसा हुआ है, जिस कारण आप खुश नहीं रह पाते।

ऐसे सवालों से ही अंतिम सत्य की खोज शुरू होती है। इसलिए जब दुःख आए तो उससे डरें नहीं बल्कि खुश होने से रोकनेवाली बातों पर खोज शुरू करें।

अध्याय-३४

खुशंग
का
असर प्राप्त करें

दुःख में खुश रहने का आठवाँ उपाय है, '**खुशंग करना**।' खुशंग करना यानी खुश लोगों के साथ रहना तथा दूसरों में गुण देखना। कुसंग के ठीक विपरीत शब्द है, खुशंग। कुसंग से मिलती है कच्ची खुशी और खुशंग से मिलती है सच्ची खुशी।

लोग सोचते हैं कि 'हम तो बुरे लोगों के साथ नहीं रहते।' परंतु सिर्फ बुरे इंसान के साथ रहना ही कुसंग नहीं है बल्कि दूसरों में अवगुण देखना भी कुसंग करना है। अच्छे लोगों के साथ रहते हुए भी यदि आप उनके अवगुण देख रहे हैं जैसे 'यह इंसान ऐसा व्यवहार कर रहा है... वैसा कर रहा है... उसे यह नहीं आता... उसे वह नहीं आता... उसे इतना भी नहीं समझता...' तब आप कुसंग ही कर रहे हैं। अतः सदा खुश रहने के लिए सरल उपाय अपनाएँ, कुसंग में नहीं, खुशंग में रहें। हर इंसान के लिए यह ज़रूरी है। किसी फल, फूल, पक्षी या जानवर को इसकी कोई ज़रूरत नहीं है।

यदि करेले के पौधे के साथ आम के पेड़ को लगाया जाए तो आम कभी करेला नहीं बनता मगर एक अच्छा इंसान बुरे इंसान के साथ रहे तो पूरी संभावना है कि संगतिवश वह भी बुरा बन जाए। बंदर, शेर के साथ रहे और शेर बन जाए, ऐसा कभी नहीं होता। बंदर, बंदर ही रहेगा; करेला, करेला ही रहेगा और आम, आम ही रहेगा लेकिन आम इंसान खास इंसान के साथ रहकर आम नहीं रहेगा।

इंसान को ही यह आज़ादी दी गई है कि वह जिसके साथ रहेगा, वैसा बन

सकता है। इसलिए अब अपनी आज़ादी का उपयोग करते हुए कहाँ जाना चाहिए, कहाँ नहीं जाना चाहिए, किसका संग करना चाहिए, किसका संग नहीं करना चाहिए, यह सजगता आपको रखनी है।

गुणगान रहस्य

दूसरों के गुणों को देखना खुशंग करना है यानी आपको गुणगान रहस्य सीखना है। पुराने जमाने से गुणगान की प्रथा बनाई गई है। ईश्वर के सामने बैठकर ईश्वर का गुणगान करना, भजन गाना अच्छा माना जाता है। ईश्वर के गुणों की सराहना करने की प्रथा बनाने के पीछे यह रहस्य है कि इंसान, इंसान के गुण नहीं देख पाता तो कम से कम ईश्वर के गुण तो देखे। कहीं से तो शुरुआत हो जाए, चाहे पत्थर की मूरत ही सही। कुछ लोग ऐसे होते हैं, जो किसी की तारीफ कर ही नहीं पाते। उनके मुख से तारीफ करने के लिए शब्द ही नहीं निकलते इसलिए पत्थर की मूर्ति बनाई गई ताकि उसके ज़रिए लोग अच्छे गुणों की तारीफ करना सीखें। जिन चीज़ों को सराहेंगे उन्हें खुद में पाएँगे।

कुछ ऐसे लोग भी होते हैं जो न तो दूसरों के गुणों की प्रशंसा कर पाते हैं, न ही उनके सामने अपने अवगुणों व गलतियों को कबूल कर पाते हैं। मूर्ति के सामने सराहना करना, अपनी गलतियों को स्वीकार करना इंसान को सहज लगता है। ज़िंदा मूर्ति के आगे अपनी गलतियाँ कबूल करना इंसान को खतरनाक लगता है। पत्थर की मूर्ति उसे सुरक्षित लगती है।

वास्तव में पत्थर की मूर्तियाँ बनानेवाले लोग बहुत रचनात्मक और समझदार थे। उन्हें पता था कि लोग दूसरों में गुण कम और दोष ज़्यादा देखते हैं। लोग जल्दी कुसंग कर लेते हैं इसलिए उन्होंने ऐसे रचनात्मक तरीके ढूँढ़ निकाले ताकि लोगों को खुशंग करने का स्वाद मिले।

यदि आप चाहते हैं कि आपके आस-पास के लोग जैसे माता-पिता, भाई-बहन, मित्र आदि सकारात्मक विचारों से भरे हों तो इसके लिए पहले आपको खुश होना होगा। लोगों की भी यह ज़रूरत है कि आप उन्हें खुश दिखाई दें ताकि वे खुशंग कर सकें। यह सच्चाई ध्यान में रखते हुए सदा खुश रहकर ही लोगों से संपर्क करें। आपकी खुशी विश्व के महान लोगों को आपकी ओर खींच लाएगी। फिर केवल खुशंग ही खुशंग रहेगा।

खुशंग की खासियत

कुसंग गलत नज़रिए को जन्म देता है। गलत नज़रिए की वजह से कई बार इंसान रस्सी को साँप समझ लेता है और साँप मारने के लिए छड़ी की चाहत करने लगता है। अज्ञान में इंसान रस्सी को साँप समझकर दुःखी और परेशान होता है।

ऐसे इंसान की अज्ञानयुक्त बातें सुनकर उसका सच्चा मित्र, खुश मित्र उसे सही समझ और सलाह देगा कि 'तुम्हें छड़ी की नहीं बल्कि टॉर्च (समझ की रोशनी) की ज़रूरत है। तुम्हें टॉर्चर सहने (डरने, दुःख भोगने) की ज़रूरत नहीं है। तुम टॉर्च का बंदोबस्त करो ताकि तुम्हें खुद यह दिखाई दे कि तुम जो माँग रहे हो, उसकी तुम्हें कोई ज़रूरत नहीं है।' खुशंग की यही खासियत है कि दुःख के अंधेरे में आपका खुश मित्र आपको असली खुशी यानी रोशनी दिखाता है ताकि आप अपने दुःख को साफ-साफ देख और जान पाएँ।

वरना आप ऐसे ही लोगों को अपना मित्र मानते हैं, जो ज़रूरत के वक्त काम आते हैं मगर आपको पता नहीं है कि आपकी असली ज़रूरत क्या है। दुःख के समय में तो कोई भी इंसान आपका साथ देगा लेकिन खुशंग उसी के साथ करना है, जो आपको दुःख में खुश रहने की कला सिखाए। दुःख में आप ऐसी माँग करते हैं, जिसकी आपको आवश्यकता नहीं होती। उस समय आपको ऐसा लगता है कि 'कोई तो मेरी बात सुने, मुझसे प्रेम करे, मुझ पर ध्यान दे।' जो इंसान आपके लिए ये सब करता है, आप उसी का संग पसंद करते हैं लेकिन यह खुशंग नहीं है।

खुशंग उसके साथ करना चाहिए, जो हमें हर घटना में, हर परिस्थिति में सत्य दिखाए, खुश रहना सिखाए।

परिशिष्ट

सरश्री
अल्प परिचय

स्वीकार मंत्र मुद्रा

सरश्री की आध्यात्मिक खोज का सफर उनके बचपन से प्रारंभ हो गया था। इस खोज के दौरान उन्होंने अनेक प्रकार की पुस्तकों का अध्ययन किया। इसके साथ ही अपने आध्यात्मिक अनुसंधान के दौरान अनेक ध्यान पद्धतियों का अभ्यास किया। उनकी इसी खोज ने उन्हें कई वैचारिक और शैक्षणिक संस्थानों की ओर बढ़ाया। इसके बावजूद भी वे अंतिम सत्य से दूर रहे।

उन्होंने अपने तत्कालीन अध्यापन कार्य को भी विराम लगाया ताकि वे अपना अधिक से अधिक समय सत्य की खोज में लगा सकें। जीवन का रहस्य समझने के लिए उन्होंने एक लंबी अवधि तक मनन करते हुए अपनी खोज जारी रखी। जिसके अंत में उन्हें आत्मबोध प्राप्त हुआ। आत्मसाक्षात्कार के बाद उन्होंने जाना कि अध्यात्म का हर मार्ग जिस कड़ी से जुड़ा है वह है- समझ (अंडरस्टैण्डिंग)।

सरश्री कहते हैं कि 'सत्य के सभी मार्गों की शुरुआत अलग-अलग प्रकार से होती है लेकिन सभी के अंत में एक ही समझ प्राप्त होती है। 'समझ' ही सब कुछ है और यह 'समझ' अपने आपमें पूर्ण है। आध्यात्मिक ज्ञान प्राप्ति के लिए इस 'समझ' का श्रवण ही पर्याप्त है।'

सरश्री ने ढाई हज़ार से अधिक प्रवचन दिए हैं और सौ से अधिक पुस्तकों की रचना की हैं। ये पुस्तकें दस से अधिक भाषाओं में अनुवादित की जा चुकी हैं और प्रमुख प्रकाशकों द्वारा प्रकाशित की गई हैं, जैसे पेंगुइन बुक्स, हे हाऊस पब्लिशर्स, जैको बुक्स, हिंद पॉकेट बुक्स, मंजुल पब्लिशिंग हाऊस, प्रभात प्रकाशन, राजपाल ॲण्ड सन्स इत्यादि।

तेजज्ञान फाउण्डेशन का परिचय

तेजज्ञान फाउण्डेशन आत्मविकास से आत्मसाक्षात्कार प्राप्त करने का एक रास्ता है। इसके लिए सरश्री द्वारा एक अनूठी बोध पद्धति (System for Wisdom) का सृजन हुआ है। इस पद्धति को अन्तर्राष्ट्रीय मानक ISO 9001:2015 के आवश्यकताओं एवं निर्देशों के अनुरूप ढालकर सरल, व्यावहारिक एवं प्रभावी बनाया गया है।

इस संस्था की बोध पद्धति के विभिन्न पहलुओं (शिक्षण, निरीक्षण व गुणवत्ता) को स्वतंत्र गुणवत्ता परीक्षकों (Quality Auditors) द्वारा क्रमबद्ध तरीके से जाँचा गया। जिसके बाद इन पहलुओं को ISO 9001:2015 के अनुरूप पाकर, इस बोध पद्धति को प्रमाणित किया गया है।

फाउण्डेशन का लक्ष्य आपको नकारात्मक विचार से सकारात्मक विचार की ओर बढ़ाना है। सकारात्मक विचार से शुभ विचार यानी हॅपी थॉट्स (विधायक आनंदपूर्ण विचार) और शुभ विचार से निर्विचार की ओर बढ़ा जा सकता है। निर्विचार से ही आत्मसाक्षात्कार संभव है। शुभ विचार (Happy Thoughts) यानी यह विचार कि 'मैं हर विचार से मुक्त हो जाऊँ।' शुभ इच्छा यानी यह इच्छा कि 'मैं हर इच्छा से मुक्त हो जाऊँ।'

ज्ञान का अर्थ है सामान्य ज्ञान लेकिन तेजज्ञान यानी वह ज्ञान जो ज्ञान व अज्ञान के परे है। कई लोग सामान्य ज्ञान की जानकारी को ही ज्ञान समझ लेते हैं लेकिन असली ज्ञान और जानकारी में बहुत अंतर है। आज लोग सामान्य ज्ञान के जवाबों को ज्यादा महत्त्व देते हैं। उदाहरण के तौर पर– कर्म और भाग्य, योग और प्राणायाम, स्वर्ग और नर्क इत्यादि। आज के युग में सामान्य ज्ञान प्रदान करनेवाले लोग और शिक्षक कई मिल जाएँगे मगर इस ज्ञान को पाकर जीवन में कोई बड़ा परिवर्तन नहीं होता। यह ज्ञान या तो केवल बुद्धि विलास है या फिर अध्यात्म के नाम पर बुद्धि का व्यायाम है।

सभी समस्याओं का समाधान है तेजज्ञान। भय से मुक्ति, चिंतारहित व क्रोध से आज़ाद जीवन है तेजज्ञान। शारीरिक, मानसिक, सामाजिक, आर्थिक और आध्यात्मिक उन्नति के लिए है तेजज्ञान। तेजज्ञान आपके अंदर है, आएँ और इसे पाएँ।

यदि आप ऐसा ज्ञान चाहते हैं, जो सामान्य ज्ञान के परे हो, जो हर समस्या का समाधान हो, जो सभी मान्यताओं से आपको मुक्त करे, जो आपको ईश्वर का साक्षात्कार कराए, जो आपको सत्य पर स्थापित करे तो समय आ गया है तेजज्ञान को जानने का। समय आ गया है शब्दोंवाले सामान्य ज्ञान से उठकर तेजज्ञान का अनुभव करने का।

अब तक अध्यात्म के अनेक मार्ग बताए गए हैं। जैसे जप, तप, मंत्र, तंत्र, कर्म, भाग्य, ध्यान, ज्ञान, योग और भक्ति आदि। इन मार्गों के अंत में जो समझ, जो बोध प्राप्त होता है, वह एक ही है। सत्य के हर खोजी को अंत में एक ही समझ मिलती है और इस समझ को सुनकर भी प्राप्त किया जा सकता है। उसी समझ को सुनना यानी तेजज्ञान प्राप्त करना है। तेजज्ञान के श्रवण से सत्य का साक्षात्कार होता है, ईश्वर का अनुभव होता है। यही तेजज्ञान सरश्री महाआसमानी शिविर में प्रदान करते हैं।

महाआसमानी महानिवासी शिविर

क्या आपको उच्चतम आनंद पाने की इच्छा है? ऐसा आनंद, जो किसी कारण पर निर्भर नहीं है, जिसमें समय के साथ केवल बढ़ोतरी ही होती है। क्या आप इसी जीवन में प्रेम, विश्वास, शांति, समृद्धि और परमसंतुष्टि पाना चाहते हैं? क्या आप शारीरिक, मानसिक, सामाजिक, आर्थिक और आध्यात्मिक इन सभी स्तरों पर सफलता हासिल करना चाहते हैं? क्या आप 'मैं कौन हूँ' इस सवाल का जवाब अनुभव से जानना चाहते हैं।

यदि आपके अंदर इन सवालों के जवाब जानने की और 'अंतिम सत्य' प्राप्त करने की प्यास जगी है तो तेजज्ञान फाउण्डेशन द्वारा आयोजित 'महाआसमानी शिविर' में आपका स्वागत है। यह शिविर पूर्णतः सरश्री की शिक्षाओं पर आधारित है। सरश्री आज के युग के आध्यात्मिक गुरु और 'तेजज्ञान फाउण्डेशन' के संस्थापक हैं, जो अत्यंत सरलता से आज की लोकभाषा में आध्यात्मिक समझ प्रदान करते हैं।

महाआसमानी शिविर का उद्देश्य :

इस शिविर का उद्देश्य है, 'विश्व का हर इंसान 'मैं कौन हूँ' इस सवाल का जवाब जानकर सर्वोच्च आनंद में स्थापित हो जाए।' उसे ऐसा ज्ञान मिले, जिससे वह हर पल वर्तमान में जीने की कला प्राप्त करे। भूतकाल का बोझ और भविष्य की चिंता इन दोनों से वह मुक्त हो जाए। हर इंसान के जीवन में स्थायी खुशी, सही समझ और समस्याओं को विलीन करने की कला आ जाए। मनुष्य जीवन का उद्देश्य पूर्ण हो।

'मैं कौन हूँ? मैं यहाँ क्यों हूँ? मोक्ष का अर्थ क्या है? क्या इसी जन्म में मोक्ष प्राप्ति संभव है?' यदि ये सवाल आपके अंदर हैं तो महाआसमानी शिविर इसका जवाब है।

महाआसमानी शिविर के मुख्य लाभ :

इस शिविर के लाभ तो अनगिनत हैं मगर कुछ मुख्य लाभ इस प्रकार हैं...

* जीवन में दमदार लक्ष्य प्राप्त होता है।
* 'मैं कौन हूँ' यह अनुभव से जानना (सेल्फ रियलाइजेशन) होता है।
* मन के सभी विकार विलीन होते हैं।
* भय, चिंता, क्रोध, बोरडम, मोह, तनाव जैसी कई नकारात्मक बातों से मुक्ति मिलती है।
* प्रेम, आनंद, मौन, समृद्धि, संतुष्टि, विश्वास जैसे कई दिव्य गुणों से युक्ति होती है।
* सीधा, सरल और शक्तिशाली जीवन प्राप्त होता है।
* हर समस्या का समाधान प्राप्त करने की कला मिलती है।
* 'हर पल वर्तमान में जीना' यह आपका स्वभाव बन जाता है।
* आपके अंदर छिपी सभी संभावनाएँ खुल जाती हैं।
* इसी जीवन में मोक्ष (मुक्ति) प्राप्त होता है।

महाआसमानी शिविर में भाग कैसे लें?

इस शिविर में भाग लेने के लिए आपको कुछ खास माँगें पूरी करनी होती हैं। जैसे –

१) आपकी उम्र कम से कम अठारह साल या उससे ऊपर होनी चाहिए।

२) आपको सत्य स्थापना शिविर (फाउण्डेशन ट्रुथ रिट्रीट) में भाग लेना होगा, जहाँ आप सीखेंगे- वर्तमान के हर पल को कैसे जीया जाए और निर्विचार दशा में कैसे प्रवेश पाएँ।

३) आपको कुछ प्राथमिक प्रवचनों में उपस्थित होना है, जहाँ आप बुनियादी समझ आत्मसात कर, महाआसमानी शिविर के लिए तैयार होते हैं।

यह शिविर साल में पाँच या छह बार आयोजित होता है, जिसका लाभ हज़ारों खोजी उठाते हैं। इस शिविर की तैयारी आगे दिए गए स्थानों पर कराई जाती है। पुणे, मुंबई, दिल्ली, सांगली, सातारा, जलगाँव, अहमदाबाद, कोल्हापुर, नासिक, अहमदनगर, औरंगाबाद, सूरत, बरोडा, नागपुर, भोपाल, रायपुर, चेन्नई, वर्धा, अमरावती, चंद्रपुर, यवतमाल, रत्नागिरी, लातूर, बीड, नांदेड, परभणी, पनवेल, ठाणे, सोलापुर, पंढरपुर, अकोला, बुलढाणा, धुले, भुसावल, बैंगलोर, बेलगाम, धारवाड,

भुवनेश्वर, कोलकत्ता, राँची, लखनऊ, कानपुर, चंदीगढ़, जयपुर, पणजी, म्हापसा, इंदौर, इटारसी, हरदा, विदिशा, बुरहानपुर।

आप महाआसमानी की तैयारी फाउण्डेशन में उपलब्ध सरश्री द्वारा रचित पुस्तकों, सी.डी. और कैसेटस् सुनकर कर सकते हैं। इसके अलावा आप टी.वी., रेडियो और यू ट्यूब पर सरश्री के प्रवचनों का लाभ भी ले सकते हैं मगर याद रहे, ये पुस्तकें, कैसेट, टी.वी., रेडियो और यू ट्यूब के प्रवचन शिविर का परिचय मात्र है, तेजज्ञान नहीं। आप महाआसमानी शिविर में भाग लेकर ही तेजज्ञान का आनंद ले सकते हैं। आगामी महाआसमानी शिविर में अपना स्थान आरक्षित करने के लिए संपर्क करें : 09921008060/75, 9011013208

महाआसमानी शिविर स्थान

महाआसमानी महानिवासी शिविर 'मनन आश्रम' पर आयोजित किया जाता है। यह आश्रम पुणे शहर के बाहरी क्षेत्र में पहाड़ों और निसर्ग के असीम सौंदर्य के बीच बसा हुआ है। इस आश्रम में पुरुषों और महिलाओं के लिए अलग-अलग, कुल मिलाकर 700 से 800 लोगों के रहने की व्यवस्था है। यह आश्रम पुणे शहर से 17 किलो मीटर की दूरी पर है। हवाई अड्डा, हाइवे और रेल्वे से पुणे आसानी से आ-जा सकते हैं।

मनन आश्रम, पुणे, सर्वे नं. ४३, सनस नगर, नांदोशी गाँव, किरकट वाडी फाटा, तहसील - हवेली, जिला : पुणे - ४११०२४. फोन : **09921008060**

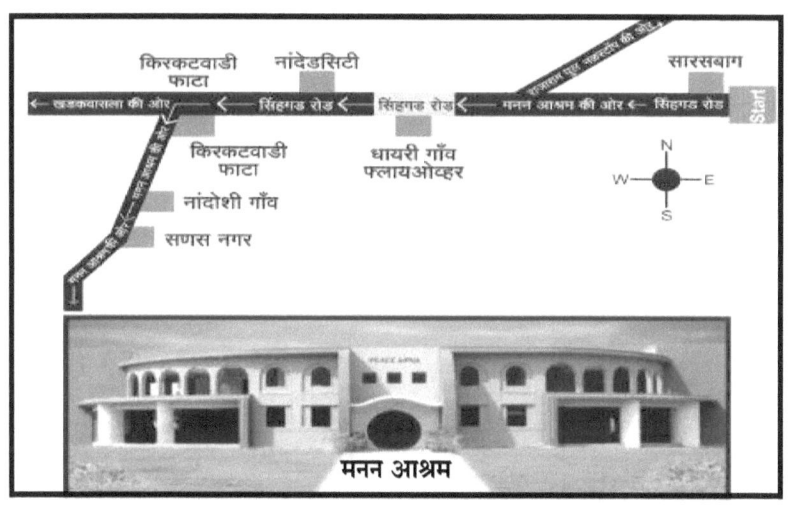

अब एक क्लिक पर ही शिविर का रजिस्ट्रेशन !

तेजज्ञान फाउण्डेशन की इन शिविरों के लिए
अब आप ऑनलाईन रजिस्ट्रेशन भी कर सकते हैं-

* महाआसमानी महानिवासी शिविर (पाँच दिवसीय निवासी शिविर)
* मैजिक ऑफ अवेकनिंग (केवल अंग्रेजी भाषा जाननेवालों के लिए तीन दिवसीय निवासी शिविर)
* मिनी महाआसमानी (निवासी) शिविर, युवाओं के लिए

रजिस्ट्रेशन के लिए आज ही लॉग इन करें

www.tejgyan.org

पुस्तकें प्राप्त करने के लिए नीचे दिए गए पते पर मनीऑर्डर द्वारा पुस्तक का मूल्य भेज सकते हैं। पुस्तकें रजिस्टर्ड, कुरियर अथवा वी.पी.पी. द्वारा भेजी जाती हैं। पुस्तकों के लिए नीचे दिए गए पते पर संपर्क करें।

WOW Publishings Pvt. Ltd.

* रजिस्टर्ड ऑफिस - इ- ४, वैभव नगर, तपोवन मंदिर के नज़दीक, पिंपरी, पुणे - ४११०१७
* पोस्ट बॉक्स नं. ३६, पिंपरी कॉलोनी पोस्ट ऑफिस, पिंपरी, पुणे - ४११०१७ फोन नं.: 09011013210 / 9623457873

आप ऑन-लाइन शॉपिंग द्वारा भी पुस्तकों का ऑर्डर दे सकते हैं।
लॉग इन करें - www.gethappythoughts.org
300 रुपयों से अधिक पुस्तकें मँगवाने पर १०% की छूट और फ्री शिपिंग।

सरश्री द्वारा रचित श्रेष्ठ पुस्तकें

मन का विज्ञान
मन के बुद्ध कैसे बनें

Total Pages - 176
Price - 135/-

विज्ञान की मदद से विश्व में आज तक कई चमत्कार देखे गए हैं और कई चमत्कारों पर संशोधन जारी भी है। किंतु क्या कभी आपने आदर्श और प्रशिक्षित मन का चमत्कार देखा है? अगर नहीं तो यह पुस्तक आपके लिए है। हर कल्पना से परे विश्व का सबसे बड़ा चमत्कार आदर्श तथा प्रशिक्षित मन के साथ ही हो सकता है, यह 'मन का विज्ञान' इस पुस्तक द्वारा जान लें और जब मन सताए तब नीचे दी गई बातों पर महारत हासिल करें।

✻ मन क्या है, मन के भिन्न पहलू कौन से हैं और मन के बुद्ध कैसे बनें
✻ विचारों और भावनाओं द्वारा मन किस तरह सच पर हावी हो जाता है
✻ सरल उपमाओं द्वारा जानें मन की कार्यपद्धति
✻ मन के विकार और उनसे आज़ादी का मार्ग
✻ मन की सारी नकारात्मक आदतों से छुटकारा पाने के रचनात्मक तरीके
✻ मन को आदर्श बनाने का उद्देश्य और पद्धति
✻ मनोरंजन में मन कैसे उलझता है और उससे मुक्ति के उपाय
✻ मन के नाटक होते हैं अनेक, उनसे छुटकारा पाने के तरीके भी हैं अनेक
✻ मन के बुद्ध बनने के लिए आवश्यक आठ कदम

इस पुस्तक द्वारा आप सुप्त मन के अनोखे रूप से परिचित होंगे तथा मन के बुद्ध बनने का राजमार्ग जान पाएँगे, जो हमें मन सताने से पहले सीख लेना चाहिए।

विकास नियम

आत्मविकास द्वारा संतुष्टि पाने का राज़

Pages - 176
Price - 100/-

विकास नियम हमारे चारों ओर काम कर रहा है। फिर चाहे वह शरीर का विकास हो, बुद्धि का विकास हो, शहर या देश का विकास हो। यह नियम तो एक बुनियादी नियम है; यह पूर्णता की चाहत है। आइए, इस पुस्तक द्वारा विकास नियम को अपना आदर्श बना दें और विकास की नई ऊँचाइयों को छू लें।

विकास नियम हर इंसान और वस्तु में छिपी संभावनाओं को प्रकट करने का नियम है। यह आपकी संपूर्ण संतुष्टि की चाहत को पूरा करता है। इस नियम के जरिए जान लें जो अब आपके सामने है।

✵ विकास नियम का महा मंत्र क्या है?
✵ विकास की शुरुआत कैसे और कहाँ से करें?
✵ विकास का विकल्प कैसे चुनें?
✵ विकास पर सदा अपनी नजर कैसे टिकाए रखें?
✵ आत्मविकास के स्वामी कैसे बनें?
✵ इंसान की अंतिम विकास अवस्था क्या है?
✵ स्वयं को और अपने मन की जमाई सोच को कैसे जानें?

विकास नियम के पन्नों में छिपे हैं, ऐसे कई सवालों के सरल जवाब, जिन्हें पढ़ना शुरू करें आज से, याद से...।

समग्र लोकव्यवहार

मित्रता और रिश्ते निभाने की कला

Total Pages - 184
Price - 150/-

आश्चर्य की बात है कि इंसान अपना व्यवहार खुद चुनकर नहीं करता। उसका व्यवहार दूसरों के व्यवहार पर निर्भर होता है। जैसे 'उसने मेरे साथ गलत व्यवहार किया इसलिए मैंने भी उसे भला-बुरा कहा... उसने मुझसे टेढ़े तरीके से बात की इसलिए मैंने क्रोध किया...', ऐसी बातें तो अकसर आप सुनते व बोलते हैं। इसका अर्थ है कि सामनेवाला जैसा चाहे, वैसा व्यवहार हमसे निकलवा सकता है। यह दिखाता है कि हम बँधे हुए हैं। स्वयं को इस बंधन से मुक्त करने के लिए लोक व्यवहार की कला सीखें। इस पुस्तक से आप सीखेंगे -

* व्यवहार चुनने के लिए आज़ाद होने का मार्ग और उस पर चलने का राज़।
* उच्चतम व्यवहार कब-कैसे किया जाए।
* रिश्तों में सफलता हासिल करने के लिए लोक व्यवहार का सही तरीका।
* मित्रता और रिश्ते निभाने की कला
* चार तरह के व्यवहार का ज्ञान
* सही समय पर सही व्यवहार कैसे किया जाए
* समग्र व्यवहार सीखने की विधि
* दर्द और दुःख में योग्य व्यवहार करने की कला

यह पुस्तक आपको मित्रता और रिश्ते निभाने तथा समग्र लोक व्यवहार की कला सिखाएगी। यह पुस्तक समग्र जीवन की कुँजी है। इस कुँजी द्वारा आप लोक व्यवहार कुशलता के खज़ाने का ताला बड़ी कुशलता से खोल पाएँगे।

असंभव कैसे करें संभव

हातिम से सीखें साहस और निःस्वार्थ जीवन का राज़

Total Pages - 176
Price - 100/-

हातिम के किस्से विश्व प्रसिद्ध हैं जो आपको रहस्य, रोमांच और साहस की तिलस्मी दुनिया में ले जाते हैं। लेकिन इस बार यह साहस आपको दिखाना है और सात नहीं बल्कि चौदह सवालों के जवाब खोजने हैं पर एक अलग ढंग से। यह खोज जंगलों में, पर्वतों पर, रेगिस्तानों में नहीं बल्कि स्वयं के भीतर ही डुबकी लगाकर करनी है।

इस खोज में यह पुस्तक आपकी मार्गदर्शक बनेगी। जो पहले आपको सवाल देगी, फिर आपसे उनके जवाबों की खोज करवाएगी। ये जवाब आपको सिखाएँगे-

१. असंभव कैसे बने संभव? वहम, तथ्य, सत्य और परमसत्य का रहस्य क्या है?
२. कुदरत से कैसा ताल-मेल बनाएँ ताकि लक्ष्य सहजता से प्राप्त हो?
३. दुःख से बाहर आने की कला क्या है, आनंदित अवस्था कैसे पाएँ?
४. निःस्वार्थ जीवन की शक्ति क्या है, इसे अपनाना क्यों ज़रूरी है?
५. कर्म विज्ञान क्या है, कर्म बंधनों से मुक्ति कैसे पाएँ?
६. प्रेम, आनंद, शांति, संपन्नता, स्वास्थ्य, मधुर रिश्तोंभरा जीवन कैसे पाएँ?
७. मृत्यु और जीवन का रहस्य क्या है? मुक्ति क्या है, इसे कैसे प्राप्त करें?

तो चलिए हातिम बनकर सात-सात वचनों के साथ आंतरिक खोज का शुभारंभ करें और वह सब कुछ प्राप्त करें, जिसे पाने के लिए आप पृथ्वी पर आए हैं।

संपूर्ण लक्ष्य

संपूर्ण विकास कैसे करें

Total Pages - 216
Price - 175/-

    जीवन में लक्ष्य का निर्धारण अति आवश्यक है। बिना नियोजित लक्ष्य के अपेक्षित परिणाम की आशा ही व्यर्थ है। संपूर्ण विकास इंसान का लक्ष्य होता है किंतु जागरूकता के अभाव में लक्ष्य आधा-अधूरा रह जाता है।

    यह पुस्तक इसी विषय पर केंद्रित है, जो इंसान को संपूर्ण, शारीरिक, मानसिक, आर्थिक, सामाजिक व आध्यात्मिक विकास की दिशा में मार्गदर्शन कराती है। जिससे वह स्वत: संपूर्ण विकास का लक्ष्य प्राप्त कर सकता है। पुस्तक में सरश्री के प्रेरक प्रवचनों एवं लेखों का संकलन किया गया है।

    पुस्तक मुख्यत: ६ खण्डों में विभक्त है। प्रथम खण्ड विद्यार्थियों तथा सफलता चाहनेवाले लोगों के लिए प्रेरणास्रोत है। शेष खण्डों में शारीरिक, मानसिक, आर्थिक, सामाजिक आदि विकास के बारे में विस्तार से प्रकाश डाला गया है। पुस्तक में भय, क्रोध, चिंता, अंहकार, ईर्ष्या आदि को संपूर्ण विकास की राह का रोड़ा बताया गया है और सरल शब्दों में इन विकारों से मुक्ति पाने की युक्ति का वर्णन किया गया है। लक्ष्य त्रिकोण द्वारा जीवन को दिशा देकर कैसे संपूर्ण विकास का मार्ग तय किया जा सकता है, यह पुस्तक द्वारा विधिपूर्वक बताया गया है।

    पुस्तक में वर्णित सरश्री के विचार लोक जीवन पर दूरगामी सकारात्मक प्रभाव डालनेवाले हैं। वैचारिक द्वंद्व में फँसे पाठक जिन समस्याओं से हताश हो गए हों, पुस्तक उन्हें उबारने में संजीवनी का काम कर सकती है। पुस्तक में प्रयुक्त भाषा सरल, गंभीर और बोधगम्य है, जिसे पाठक रुचिपूर्वक ग्रहण कर सकता है।

– सत्य प्रकाश श्रीवास्तव

इमोशन्स पर जीत
दुःखद भावनाओं से मुलाकात कैसे करें

Total Pages - 176
Price - 135/-

अपनी भावनाओं को दुश्मन नहीं, दोस्त बनाने के लिए पढ़ें...

* दुःखद भावनाओं से मुक्ति का मार्ग
* क्या रोना अच्छा है या कमज़ोरी है
* असुरक्षा की भावना से मुक्ति कैसे मिले
* भावनाओं को मुक्त करने के चार योग्य तरीके
* भावनाओं से मुलाकात करने के चार उच्चतम तरीके
* भावनाओं को अभिव्यक्त करने के सच्चे तरीके

आपका इमोशनल कोशंट –EQ– कितना है?

क्या आपसे किसी ने उपरोक्त सवाल पूछा है?

आज लोग आय.क्यू. का महत्त्व तो समझते हैं परंतु इ.क्यू. (इमोशनल कोशंट) का महत्त्व उससे अधिक है, यह कम लोग जानते हैं।

भावनाओं से जूझ रहे इंसान के पास यदि 'इ.क्यू.' है तो वह जीवन की हर बाज़ी को पलट सकता है। परंतु यदि उसके पास इ.क्यू. नहीं है और केवल आय.क्यू. है तो उस कार्य को कर पाना उसके लिए मुश्किल हो सकता है। इसी लिए भावनात्मक परिपक्वता पाना महत्त्वपूर्ण है।

सिर्फ उम्र से बड़ा होना परिपक्वता नहीं है, भावनाओं से प्रभावित हुए बिना उनसे गुज़रकर, उनको सही रूप में देखने की कला सीखकर ही इंसान भावनात्मक रूप से परिपक्व बनता है। यही परिपक्वता आपको प्रदान करती है यह पुस्तक।

भावनाओं से मुक्ति पाने के दो ही तरीके इंसान ने सीखे हैं– एक है उन्हें निगलना और दूसरा है उगलना। जबकि भावनाओं को मुक्त करने के अनेक अचूक तरीके हैं, जो इस पुस्तक में आपको बताए गए हैं।

यह पुस्तक आपको भावनाओं के भँवर से निकालकर, प्रेम का टीका लगाएगी ताकि आपको कभी नकारात्मकता छू न पाए।

नि:शब्द संवाद का जादू
जीवन की १११ जिज्ञासाओं का समाधान
Total Pages - 192
Price - 150/-
Also available in English, Marathi, Gujarati, Malayalam, Kannada, Telugu, Bengali & Punjabi

मौन अपने आप में किया जानेवाला एक ऐसा संवाद है, जिसके जरिए हमें अपने सभी प्रश्नों के उत्तर मिल सकते हैं। इसलिए अकसर जब हमारा मन बेचैन होता है तो हमें ध्यान और चिंतन करने की सलाह दी जाती है। लेकिन किसी भी चीज की तलाश की शुरुआत प्रश्न पूछने के जरिए होती है और इसलिए प्रस्तुत पुस्तक में प्रश्नों को अत्यंत महत्त्व दिया गया है।

सत्य की खोज तभी संभव है जब कोई उसके बारे में प्रश्न करता है। इनमें से कुछ प्रश्न आपके बाह्य विकास से संबंधित होते हैं और कुछ आंतरिक विकास पर आधारित होते हैं।

यह पुस्तक सात खण्डों में विभाजित है और प्रत्येक खण्ड ऐसे ही सवाल और जवाबों से भरा हुआ है। केवल उनके संदर्भ अलग हैं– अध्यात्म, दैनिक जीवन में आनेवाली समस्याओं संबंधी प्रश्न, ईश्वर, आत्मक्षात्कार, आत्मबोध व्यवसाय इत्यादि।

दरअसल ये प्रश्न सृष्टि को जानने के रहस्य हैं, जिनके जवाब ईश्वर ने संकेतों के माध्यम से कहीं छिपा दिए हैं और हमें उन संकेतों को समझते हुए उन रहस्यों को जानना है। पुस्तक की भाषा अत्यंत सरल और सहज है। इतने गंभीर विषय को लेखक इतनी आसानी से कह देते हैं। यदि आप भी जीवन-रहस्यों व सत्य की खोज में हैं तो यह पुस्तक उन तक पहुँचने का मार्ग बन सकती है।

विश्व में पहली बार ६० शहरों में, १० भाषाओं में, एक ही दिन प्रकाशित पुस्तक

स्वयं का सामना

हरक्युलिस की आंतरिक खोज

Total Pages - 272

Price - 150/-

Also available in Marathi, English, Kannada, Telugu, Tamil, Punjabi, Gujarati, Malayalam & Oriya

व्यक्तित्व का विकास जीवन की महत्वपूर्ण आवश्यकता है। प्राय: यह देखा गया है कि अज्ञानता से अभिशप्त व्यक्ति क्षुद्र सोच व समझ से ऊपर नहीं उठ पाता है। फलत: वह चेतना के उच्च स्तर तक पहुँच पाने से वंचित रहकर तमाम दुःखों और कष्टों से घिरा रहता है। ऐसे में वह स्वत: आत्मपरीक्षण कर ऐसे कष्टों से छुटकारा पाने का सहज और सुगम उपाय प्राप्त कर सकता है।

पुस्तक 'स्वयं का सामना' इसी महत्वपूर्ण विषय पर केन्द्रित है, जो मूल जीवन में न्याय, स्वास्थ्य, खुशी और रिश्तों की अनोखी समझ से परिचित कराने के उद्‌देश्य से लिखी गई है।

'हरक्यूलिस' यूनानी दंत कथाओं में वर्णित एक जाना-माना नाम है। उसने यूरिथियस राजा द्वारा सौंपे गए बारह असंभव कार्यों को अपने बाहुबल और चातुर्यता से संभव कर दिखाया। पुस्तक की कहानी भी इसी 'हरक्यूलिस' को केंद्र बिन्दु मानकर निर्मित की गई है, जिससे प्रेरित होकर व्यक्ति अन्तरात्मा की दिव्य आवाज को पहचानकर उस पर अमल कर सके। तभी वह सही वृत्तियों और संस्कारों को सीखकर स्वयं तथा औरों के जीवन में बदलाव ला सकता है।

पुस्तक का मुख्य उद्‌देश्य पाठकों के जीवन में व्याप्त नासमझी के अंधकार को दूर करना है, जिससे वे विश्व शांति की दिशा में शांतिदूत बन सके। पुस्तक सरल और सुबोध भाषा में लिखी गई है, जो पाठकों को शुरू से अंत तक रोचकता के पुट में बाँधे रखने में सक्षम है।

पंचलाइन

पुस्तक 'स्वयं का सामना' व्यक्ति के अंदर छिपे हरक्यूलिस को जागृति करने का कार्य करती है। जिस प्रकार हरक्युलिस ने अपोलो देवता की प्रेरणा से बारह असंभव कार्यों को भी संभव कर दिखाया, उसी प्रकार व्यक्ति अपनी अंतरात्मा की दिव्य आवाज पहचानकर कठिन समस्याओं पर भी आसानी से विजय प्राप्त कर सकते हैं।

ध्यान और धन

ध्यान का धन और धन का ध्यान

Total Pages - 144
Price - 140/-

ईश्वर ने हमें प्रेम, साहस, ध्यान और सेहत की दौलत दी है। इंसान अगर प्रेम, ध्यान, समय और साहस की दौलत प्राप्त न कर केवल पैसा कमाना, अपना लक्ष्य मान ले तो अंत में उसे पछताना पड़ता है। इसलिए जीवन में संतुलन रखना अनिवार्य है। यह पुस्तक इसी संतु-लन पर हमें मार्गदर्शन देती है। 'धन' और 'ध्यान' की सच्ची समझ हर इंसान को प्राप्त करनी चाहिए।

जीवन की दो अतियों में एक तरफ है 'ध्यान' और दूसरी तरफ है 'धन'। ध्यान हमें परमात्मा तक पहुँचाता है जबकि धन (लोभ) हमें परमात्मा से दूर कर सकता है। परंतु ऐसा होने से बचा जा सकता है। कैसे? यह युक्ति इस पुस्तक द्वारा समझें। धन का यदि सही इस्तेमाल किया जाए, उसे परमात्मा प्राप्ति के लिए निमित्त बनाया जाए तो यही धन साधन बन जाता है। इस तरह धन और ध्यान दोनों हमें स्वअनुभव प्राप्ति में सहयोग कर सकते हैं।

ध्यान की दौलत द्वारा आप अपने जीवन में संपूर्णता ला सकते हैं। यह संपूर्णता संपूर्ण ध्यान सीखकर प्राप्त करें। संपूर्ण ध्यान विधि भी इसी पुस्तक का एक अंग है। इस ज्ञान द्वारा दो अतियों के बीच में संतुलन साधकर ध्यान को धन और धन को ध्यान की दौलत बनाएँ।

---

www.youtube.com/tejgyan

पर भी सरश्री के प्रवचनों का लाभ ले सकते हैं।

For online shopping visit us - www.tejgyan.org
www.gethappythoughts.org

हर रविवार सुबह १०:०५ से १०:१५ रेडियो विविध भारती,
एफ. एम. पुणे पर 'तेजविकास मंत्र'

नोट : उपरोक्त कार्यक्रमों के समय बदल सकते हैं इसलिए समय पुष्टि करें।

तेजज्ञान इंटरनेट रेडियो

२४ घंटे और ३६५ दिन सरश्री के प्रवचन और भजनों का लाभ लें,
तेजज्ञान इंटरनेट रेडियो द्वारा। देखें लिंक
http://www.tejgyan.org/internetradio.aspx

तेजज्ञान फाउण्डेशन – मुख्य शाखाएँ

पुणे (रजिस्टर्ड ऑफिस)
विक्रांत कॉम्प्लेक्स, तपोवन मंदिर के नज़दीक,
पिंपरी, पुणे-४११ ०१७.
फोन : 020-27411240, 27412576

मनन आश्रम
सर्वे नं. ४३, सनस नगर, नांदोशी गाँव,
किरकटवाडी फाटा, तहसील – हवेली,
जिला– पुणे – ४११ ०२४. फोन : 09921008060

e-books
•The Source •Complete Meditation •Ultimate Purpose of Success
•Enlightenment •Inner Magic •Celebrating Relationships
•Essence of Devotion •Master of Siddhartha
•Self Encounter, and many more.
Also available in Hindi at www. gethappythoughts.org

Free apps
U R Meditation & Tejgyan Internet Radio on all platforms like
Android, iPhone, iPad and Amazon

e-magazines
'Yogya Aarogya' & 'Drushtilakshya'
emagazines available on www.magzter.com

e-mail
mail@tejgyan.com

website
www.tejgyan.org, www.gethappythoughts.org

– नम्र निवेदन –
विश्व शांति के लिए लाखों लोग प्रतिदिन
सुबह और रात ९ बजकर ९ मिनट पर प्रार्थना करते हैं।
कृपया आप भी इसमें शामिल हो जाएँ।

www.ingramcontent.com/pod-product-compliance
Lightning Source LLC
LaVergne TN
LVHW091048100526
838202LV00077B/3082